최서해

1901년 함북 성진군 임명면에서 빈농의 외아들로 태어났다. 본명은 학송(鶴松)으로 어려서 부친 혹은 서당을 통해서 한문 공부를 많이 했다. 1918년 간도로 들어가 유랑 생활을 시작해서 부두노동자·음식점 심부름꾼 등 최말단 생활을 전전했다.

1923년 봄에 간도에서 귀국하여 회령역에서 노동일을 했으며 이때부터 '서해(曙海)'라는 필명을 쓰기 시작했다. 춘원의 『무정』을 읽고 크게 감명받고 동영에 있는 춘원과 여러 차례 편지를 주고받았으며, 1924년 「토혈」, 「고국」으로 등단했다. 1925년에 조선문단사에 입사하여 중견 작가로 인정받기 시작했고, 김기진의 권유로 카프에 가입했다. 1927년에는 조선문예가협회의 간사직을 맡았으며 전 해에 휴간한 조선문단을 남진우가 인수하여 1월에 다시 입사하지만 4월에 또 실직했다. 위문 협착증을 앓던 그는 대수술 중에 과다 출혈로 1932년에 세상을 떠났다.

그의 문학은 '체험문학', '빈궁문학', '저항문학'으로 규정된다. 몇 명의 엘리트의 눈으로 바라본 일부의 삶이 아니라 실제 체험을 통한 대다수의 극빈층의 생활상을 날카롭게 표현해 그들의 울분과 서러움을 적나라하게 드러내고 있다.

한국 대표 단편 소설

한국 대표 단편 소설 최서해 편

발행일 초판 1쇄 발행 2023년 10월 1일 | **지은이** 최서해 |
펴낸이 최현선 | **펴낸곳** 필로스 |
주소 경기도 시흥시 배곧4로 32-28, 206호 (그랜드프라자) |
전화 070-7818-4108 | **팩스** 031-624-3108 | **이메일** filos@daum.net

ISBN 979-11-980153-7-2(43810) | Copyright ⓒ오도스, 2023
책값은 뒤표지에 있습니다. 잘못 만들어진 책은 구입하신 서점에서 교환해드립니다.

filos 청소년을 위한 책 친구, 필로스

탈출기
나는 농사를 지으려고 밭을 구하였다. 빈 땅은 없었다. 돈을 주고 사기 전에는 한 평의 땅이나마 손에 넣을 수 없었

동대문
그럭저럭 밤은 깊었다. 열시를 땅땅 울렸다. 달 없는 하늘 아래 모든 것들은 어둠에 싸여서 고요히 잠들었다. 이따금

그믐밤
삼돌의 정신은 점점 현실과 멀어졌다. 흐릿한 기분에 싸여서 한 걸음 한 걸음 으슥하기도 하고 그저 훤한 것 같기도 한

한국 대표
단편 소설

최서해 지음

박돌의 죽음
서너 집 내려와서 어둠 속에 잿빛같이 보이는 커다란 대문 앞에 딱 섰다. 헐떡이는 숨소리는 고요한 공기를 미미히 울

보석반지
하루는 노곤한 봄잠을 깨니 어느새 금빛 태양이 동창에 다정하게 비추었다. 아침잠이 많은 나는 최 목사 집에 온 후

십삼 원
눈을 고요히 감은 유원이는 무엇을 생각한다. 그의 낯빛은 몹시 질린 사람같이 파랗다. 그리고 힘 없이 감은 두 눈가

filos

목차

1. 탈출기   6
2. 동대문   27
3. 그믐밤   48
4. 박돌의 죽음   114
5. 보석반지   144
6. 십삼 원   177
7. 금붕어   188

I.

탈출기

1

김 군! 수삼 차 편지는 반갑게 받았다. 그러나 나는 한 번도 회답치 못하였다. 물론 군의 충정에는 나도 감사를 드리지만 그 충정을 나는 받을 수 없다.

─박 군! 나는 군의 탈가脫家를 찬성할 수 없다. 음험한 이역에 늙은 어머니와 어린 처자를 버리고 나선 군의 행동을 나는 찬성할 수 없다.

박 군! 돌아가라. 어서 집으로 돌아가라. 군의 부모와 처자가 이역 노두路頭에서 방황하는 것을 나는 눈앞에 보는 듯싶다. 그네들이 의지할 곳은 오직 군의 품밖에 없다.

군은 그네들을 구하여야 할 것이다.

군은 군의 가정에서 동량棟樑이다. 동량이 없는 집이 어디 있으랴? 조그마한 고통으로 집을 버리고 나선다는 것이 의지가 굳다는 박 군으로서는 너무도 박약한 소위이다.

군은 XX단에 몸을 던져 X선에 섰다는 말을 일전 황 군에게서 듣기는 하였으나 그렇다 하여도 나는 그것을 시인할 수 없다. 가족을 못 살리는 힘으로 어찌 사회를 건지랴.

박 군! 나는 군이 돌아가기를 충정으로 바란다. 군의 가족이 사람들 발아래서 짓밟히는 것을 생각할 때! 군의 가슴인들 어찌 편하랴.

김 군! 군은 이러한 말을 편지마다 썼지? 나는 군의 뜻을 잘 알았다. 내 사랑하는 나의 가족을 위하여 동정하여 주는 군에게 내 어찌 감사치 않으랴? 정다운 벗의 충고에 나는 늘 울었다. 그러나 그 충고를 들을 수 없다. 듣지 않는 것이 군에게는 고통이 될는지 분노가 될는지? 나에게 있어서는 행복일지도 알 수 없는 까닭이다.

김 군! 나도 사람이다. 정애情愛가 있는 사람이다. 나의 목숨 같은 내 가족이 유린 받는 것을 내 어찌 생각지 않으랴? 나의 고통을 제삼자로서는 만분의 일이라도 느낄 수 없을 것이다.

나는 이제 나의 탈가한 이유를 군에게 말하고자 한다. 여기에 대하여 동정과 비난은 군의 자유이다. 나는 다만 이러하다는 것을 군에게 알릴 뿐이다. 나는 이것을 군이 아니면 다른 사람에게라도 알리지 않고는 견딜 수 없는 충동을 받는 까닭이다.

그러나 나는 단언한다. 군도 사람이니 나의 말하는 것을 부인치는 못하리라.

2

김 군! 내가 고향을 떠난 것은 오 년 전이다. 이것은 군도 아는 사실이다. 나는 그때에 어머니와 아내를 데리고 떠났다. 내가 고향을 떠나 간도로 간 것은 너무도 절박한 생활에 시든 몸이, 새 힘을 얻을까 하여 새 희망을 품고 새 세계를 동경하여 떠난 것도 군이 아는 사실이다.

―간도는 천부금탕天府金湯이다. 기름진 땅이 흔하여 어디를 가든지 농사를 지을 수 있고 농사를 잘 지으면 쌀도 흔할 것이다. 삼림이 많으니 나무 걱정도 될 것이 없다.

농사를 지어서 배불리 먹고 뜨뜻이 지내자. 그리고 깨끗한 초가나 지어놓고 글도 읽고 무지한 농민들을 가르쳐서 이상촌을 건설하리라. 이렇게 하면 간도의 황무지를 개척할 수도 있다.

이것이 간도 갈 때의 내 머릿속에 그리었던 이상이었다. 이때에 나는 얼마나 기뻤으랴! 두만강을 건너고 오랑캐령을 넘어서 망망한 평야와 산천을 바라볼 때 청춘의 내 가슴은 이상의 불길에 탔다. 구수한 내 소리와 헌헌한 내 행동에 어머니와 아내도 기뻐하였다.

오랑캐 령을 올라서니 서북으로 쏠려오는 봄 세찬 바람이 어떻게 뺨을 갈기는지,

"에그 칩구나! 여기는 아직도 겨울이로구나."

어머니는 수레 위에서 이불을 뒤집어썼다.

"무얼요, 이 바람을 많이 맞아야 성공이 올 것입니다."

나는 가장 씩씩하게 말하였다. 이처럼 나는 기쁘고 활기로웠다.

3

김 군! 그러나 나의 이상은 물거품으로 돌아갔다. 간도에 들어서서 한 달이 못 되어서부터 거친 물결은 우리 세 생령生靈의 앞에 기탄없이 몰려왔다.

나는 농사를 지으려고 밭을 구하였다. 빈 땅은 없었다. 돈을 주고 사기 전에는 한 평의 땅이나마 손에 넣을 수 없었다. 그렇지 않으면 지나인支那人의 밭을 도조나 타조로

얻어야 된다. 일년 내 중국 사람에게서 양식을 꾸어 먹고 도조나 타조를 지으면 가을 추수는 빚으로 다 들어가고 또 처음 꼴이 된다. 그러나 농사라고 못 지어본 내가 도조나 타조를 얻는대야 일 년 양식 빚도 못 될 것이고 또 나 같은 시로도에게는 밭을 주지 않았다.

생소한 산천이요, 생소한 사람들이니, 어디가 어쩌면 좋을는지? 의논할 사람도 없었다. H라는 촌 거리에 셋방을 얻어가지고 어름어름하는 새에 보름이 지나고 한 달이 넘었다. 그새에 몇 푼 남았던 돈은 다 부려먹고 밭은 고사하고 일자리도 못 얻었다.

나는 팔을 걷고 나섰다. 이리저리 돌아다니면서 구들도 고쳐주고 가마도 붙여주었다. 이리하여 호구하게 되었다. 이때 H 장에서는 나를 온돌장이(구들 고치는 사람)라고 불렀다. 갈아입을 의복이 없는 나는 늘 숯검정이 꺼멓게 묻은 의복을 벗을 새가 없었다.

H 장은 좁은 곳이다. 구들 고치는 일도 늘 있지 않았다. 그것으로 밥 먹기는 어려웠다. 나는 여름 불볕에 삯김

도 매고 꼴도 베어 팔았다. 그리고 어머니와 아내는 삯방아 찧고 강가에 나가서 부스러진 나뭇개비를 주워서 겨우 연명하였다.

김 군! 나는 이때부터 비로소 무서운 인간고人間苦를 느꼈다. 아아, 인생이란 과연 이렇게도 괴로운 것인가? 하는 것을 나는 생각하게 되었다. 나는 나에게 닥치는 풍파 때문에 눈물 흘린 일은 이때까지 없었다. 그러나 어머니가 나무를 줍고 아내가 삯방아를 찧을 때! 나의 피는 끓었으며 나의 눈은 눈물에 흐려졌다.

"에구, 차라리 내가 드러누워 앓고 있지, 네 괴로워하는 꼴은 차마 못 보겠다."

이것은 언제 내가 병들어 신음할 때에 어머니가 울면서 하신 말씀이다. 이것을 무심히 들었던 나는 이때에야 이 말의 참뜻을 느꼈다.

"아아, 차라리 나의 고기가 찢어지고 뼈가 부서지는 것은 참을 수 있으나, 내 눈앞에서 사랑하는 늙은 어머니와 아내가 배를 주리고 남의 멸시를 받는 것은 참으로 견디기 어렵구나!"

나는 이렇게 여러 번 가슴을 쳤다. 나는 밤이나 낮이나, 비 오나 바람이 치나 헤아리지 않고 삯김, 삯심부름, 삯나무, 무엇이든지 가리지 않았다.

"오늘도 배고프겠구나, 아침도 변변히 못 먹고…… 나는 너 배 주리잖는 것을 보았으면 죽어도 눈을 감겠다."

내가 삯일을 하다가 늦게 돌아오면 어머니는 우실 듯이 말씀하셨다. 그러나 나는 흔연하게,

"배는 무슨 배가 고파요."

대답하였다.

내 아내는 늘 별말이 없었다. 무슨 일이든지 시키는 대로 소곳하고 아무 소리 없이 순종하였다. 나는 그것이 더욱 불쌍하게 생각되었다. 나는 어머니보다는 아내 보기가 퍽 부끄러웠다.

"경제의 자립도 못 되는 내가 왜 장가를 들었누?"

이것이 부모의 한 일이지만 나는 이렇게도 탄식하였다. 그럴수록 아내에게 대하여 황공하였고 존경하였다.

어떻게 하면 살 수 있을까? …… 이러한 생각은 이때 내 머리를 몹시 때렸다. 이때 나에게는 부지런한 자에게 복이 온다 하는 말이 거짓말로 생각되었다. 그 말을 지상의 격언으로 굳게 믿어온 나는 그 말에 도리어 일종의 의심을 품게 되었고 나중은 부인까지 하게 되었다.

부지런하다면 이때 우리처럼 부지런함이 어디 있으며 정직하다면 이때 우리 식구같이 정직함이 어디 있으랴? 그러나 빈곤은 날로 심하였다. 이틀 사흘 굶은 적도 한두 번이 아니었다. 한번은 이틀이나 굶고 일자리를 찾다가 집으로 들어가니 부엌 앞에 앉았던 아내가(아내는 이때 아이를 배어서 배가 남산만 하였다) 무엇을 먹다가 깜짝 놀란다. 그리고 손에 쥐었던 것을 얼른 아궁이에 집어넣는다. 이때 불쾌한 감정이 내 가슴에 떠올랐다.

'……무얼 먹을까? 어디서 무엇을 얻었을까? 무엇이길래 어머니와 나 몰래 먹누? 아! 여편네란 그런 것이로구나! 아니 그러나 설마…… 그래도 무엇을 먹던데…….'

나는 이렇게 아내를 의심도 하고 원망도 하고 밉게도

생각하였다. 아내는 아무 말 없이 어색하게 머리를 숙이고 앉아서 씩씩하다가 밖으로 나간다. 그 얼굴은 좀 붉었다.

아내가 나간 뒤에 나는 아내가 먹다가 던진 것을 찾으려고 아궁지를 뒤지었다. 싸늘하게 식은 재를 막대기에 뒤져내니 벌건 것이 눈에 띄었다. 나는 그것을 집었다. 그것은 귤껍질이다. 거기엔 베먹은 잇자국이 났다. 귤껍질을 쥔 나의 손은 떨리고 잇자국을 보는 내 눈에는 눈물이 괴었다.

김 군! 이때 나의 감정을 어떻게 표현하면 적당할까?

―오죽 먹고 싶었으면 오죽 배고팠으면, 길바닥에 내던진 귤껍질을 주워 먹을까! 더욱 몸 비잖은 그가! 아아, 나는 사람이 아니다. 그러한 아내를 나는 의심하였구나! 이놈이 어찌하여 그러한 아내에게 불평을 품었는가? 나 같은 간악한 놈이 어디 있으랴. 내가 양심이 부끄러워서 무슨 면목으로 아내를 볼까?

이렇게 생각하면서 나는 느껴가며 눈물을 흘렸다. 귤껍

질을 쥔 채로 이를 악물고 울었다.

"야, 어째 우느냐? 일어나거라. 우리도 살 때 있겠지, 늘 이렇겠느냐."

하면서 누가 어깨를 친다. 나는 그것이 어머니인 것을 알았다. 나는,

"아이구 어머니, 나는 불효외다."

하면서 어머니의 발을 안고 자꾸자꾸 울고 싶었다. 그러나 나는 아무 소리 없이 가슴을 부둥켜안고 밖으로 나왔다.

'내가 왜 우누? 울기만 하면 무엇하나? 살자! 살자! 어떻게든지 살아보자! 내 어머니와 내 아내도 살아야 하겠다. 이 목숨이 있는 때까지는 벌어보자!'

나는 이를 갈고 주먹을 쥐었다. 그러나 눈물은 여전히 흘렀다. 아내는 말없이 울고 섰는 내 곁에 와서 손으로 치마끈을 만지작 거리며 눈물을 떨어뜨린다. 농삿집에서 길러 난 아내는 지금도 어찌 수줍은지 내가 울면 같이 울기는 하여도 어떻게 말로 위로할 줄은 모른다.

4

 김 군! 세월은 우리를 위하여 여름을 항상 주지 않았다.

 서풍이 불고 서리가 내리기 시작하였다. 찬 기운은 헐벗은 우리를 위협하였다.

 가을부터 나는 대구어 장사를 하였다. 삼 원을 주고 대구 열 마리를 사서 등에 지고 산골로 다니면서 콩과 바꾸었다. 그러나 대구 열 마리는 등에 질 수 있었으나, 대구 열 마리를 주고받은 콩 열 말은 질 수 없었다. 나는 하는 수 없이 삼사십 리나 되는 곳에서 두 말씩 두 말씩 사흘 동안이나 져왔다. 우리는 열 말 되는 콩을 자본 삼아 두부 장사를 시작하였다.

 아내와 나는 진종일 맷돌질을 하였다. 무거운 맷돌을 돌리고나면 팔이 뚝 떨어지는 듯하였다. 내가 이렇게 괴로

울 적에 해산한 지 며칠 안 되는 아내의 괴롬이야 어떠하였으랴? 그는 늘 낯이 부석부석하였다. 그래도 나는 무슨 불평이 있는 때면 아내를 욕하였다. 그러나 욕한 뒤에는 곧 후회하였다.

콧구멍만한 부엌방에 가마를 걸고 맷돌을 놓고 나무를 들이고 의복가지를 걸고 하면 사람은 겨우 비비고 들어앉게 된다. 뜬 김에 문창은 떨어지고 벽은 눅눅하다. 모든 것이 후줄근하여 의복을 입은 채 미지근한 물속에 들어앉은 듯하였다. 어떤 때는 애써 갈아놓은 비지가 이 뜬 김 속에서 쉬어버렸다. 두붓물이 가마에서 몹시 끓어 번질 때에 우윳빛 같은 두붓물 위에 빠다 빛 같은 노란 기름이 엉기면(그것은 두부가 잘될 징조다) 우리는 안심한다. 그러나 두붓물이 희멀끔해지고 기름기가 돌지 않으면 거기에만 시선을 쏘고 있는 아내의 낯빛부터 글러가기 시작한다. 초를 쳐보아서 두붓발이 서지 않고 매캐지근하게 풀어질 때에는 우리의 가슴은 덜컥한다.

"또 쉰 게로구나! 저를 어찌누?"

젖을 달라고 빽빽 우는 어린아이를 안고 서서 두붓물만 들여다보시던 어머니는 목메인 말씀을 하시면서 우신다. 이렇게 되면 온 집안은 신산하여 말할 수 없는 울음, 비통, 처참, 소조한 분위기에 싸인다.

"너 고생한 게 애닯구나! 팔이 부러지게 갈아서…… 그거(두부) 팔아서 장을 보려고 태산같이 바랐더니……."

어머니는 그저 가슴을 뜯으면서 운다. 아내도 울듯 울듯이 머리를 숙인다. 그 두부를 판대야 큰돈은 못 된다. 기껏 남는대야 이십 전이나 삼십 전이다. 그것으로 우리는 호구를 한다. 이십 전이나 삼십 전에 어머니는 운다. 아내도 기운이 준다. 나까지 가슴이 바짝바짝 조인다.

그날은 하는 수 없이 쉰 두붓물로 때를 에우고 지낸다. 아이는 젖을 달라고 밤새껏 빽빽거린다. 우리의 살림에는 어린것도 귀찮았다.

5

울면서 겨자 먹기로 괴로운 대로 또 두부를 하지 않으면 안 된다. 그러나 이번에는 땔나무가 없다. 나는 낫을 들고 떠난다. 내가 낫을 들고 떠나면 산후 여독으로 신음하는 아내도 낫을 들고 말없이 나를 따라 나선다. 어머니와 나는 굳이 만류하나 아내는 듣지 않는다.

내 손으로 하는 나무이건만 마음 놓고는 못 한다. 산임자에게 들키면 여간한 경을 치지 않는다. 그러므로 우리는 황혼이면 산에 가서 도적나무를 하여 지고 밤이 깊어서 돌아온다. 아내는 이고 나는 지고 캄캄한 밤에 산비탈로 내려오다가 발이 미끄러지거나 돌에 채면 곤두박질을 하여 나뭇짐 속에 든다. 아내는 소리없이 이었던 나무를 내려놓고 나뭇짐에 눌려서 버둥거리는 나를 겨우 끄집어 일으킨다. 그러나 내가 나뭇짐을 지고 일어나면 아내는 혼자 나뭇짐을 이지 못한다. 또 내가 나뭇짐을 벗고 아내에게 이어주면 나는 추어주는 이 없이는 나뭇짐을 질 수 없다. 하는 수 없이 나는 어떤 높은 바위에 벗어놓고

(후에 지기 편하도록) 아내에게 이어준다. 이리하여 산비탈을 내려오면, 언제 왔는지 어머니는 애를 업고 우들우들 떨면서 산 아래서 기다리시다가도,

"인제 오니? 나는 너 또 붙들리지나 않는가 하여 혼이 났다."

하신다. 이때마다 내 가슴은 저렸다. 나는 이렇게 나무 도적질을 하다가 중국 경찰서에까지 잡혀가서 여러 번 맞았다.

이때 이웃에서는 우리를 조소하고 경찰에서는 우리를 의심하였다.

―흥, 신수가 멀쩡한 연놈들이 그 꼴이야, 어디 가 일자리도 구하지 않구. 그 눈이 누래서 두부 장사 하는 꼬락서니는 참 더러워서 못 보겠네. 불알을 달고 나서 그렇게야 살리?

이것은 이웃 남녀가 비웃는 소리였다. 그리고 어떤 산임자가 나무 잃은 고발을 하면 경찰서에서는 불문곡직하고 우리 집부터 수색하고 질문하면서 나를 때린다. 그러

나 나는 호소할 곳이 없었다.

6

 김 군! 이러구러 겨울은 점점 깊어가고 기한飢寒은 점점 박두하였다. 일자리는 없고…… 그렇다고 손을 털고 앉았을 수는 없었다. 모든 식구가 퍼러퍼래서 굶고 앉은 꼴을 나는 그저 볼 수 없었다. 시퍼런 칼이라도 들고 하루라도 괴로운 생을 모면하도록 그네들을 쿡쿡 찔러 없애고 나까지 없어지든지, 그렇지 않으면 칼을 들고 나서서 강도질이라도 하여서 기한을 면하든지 하는 수밖에는 더 도리가 없게 절박하였다. 나는 일이 없으면 없느니만치, 고통이 닥치면 닥치느니만치 내 번민은 컸다. 나는 어떤 날은 거의 얼빠진 사람처럼 눈을 감고 깊은 생각에 잠긴 일이 있었다.
 이때 내 머릿속에서는 머리를 움실움실 드는 사상이

있었다(오늘날에 생각하면 그것은 나의 전 운명을 결정할 사상이었다). 그 생각은 누구의 가르침에 일어난 것도 아니려니와 일부러 일으키려고 애써서 일어난 것도 아니다. 봄 풀싹같이 내 머릿속에서 점점 머리를 들었다.

—나는 여태까지 세상에 대하여 충실하였다. 어디까지든지 충실하려고 하였다. 내 어머니, 내 아내까지도 뼈가 부서지고 고기가 찢기더라도 충실한 노력으로 살려고 하였다. 그러나 세상은 우리를 속였다. 우리의 충실을 받지 않았다. 도리어 충실한 우리를 모욕하고 멸시하고 학대하였다. 우리는 여태까지 속아 살았다. 포악하고 허위스럽고 요사한 무리를 용납하고 옹호하는 세상인 것을 참으로 몰랐다. 우리뿐 아니라 세상의 모든 사람들도 그것을 의식치 못하였을 것이다. 그네들은 그러한 세상의 분위기에 취하였었다. 나도 이때까지 취하였었다. 우리는 우리로서 살아온 것이 아니라 어떤 험악한 제도의 희생자로서 살아왔었다.

김 군! 나는 사람들을 원망치 않는다. 그러나 마주魔酒

에 취하여 자기의 피를 짜 바치면서도 깨지 못하는 사람을 그저 볼 수 없다. 허위와 요사와 표독과 게으른 자를 옹호하고 용납하는 이 제도는 더욱 그저 둘 수 없다.

—이 분위기 속에서는 아무리 노력하여도, 충실하여도, 우리는 우리의 생의 만족을 느낄 날이 없을 것이다. 어찌하여 겨우 연명을 한다 하더라도 죽지 못하는 삶이 될 것이요, 그 영향은 자식에게까지 미칠 것이다. 나는 어미 품속에서 빽빽 하는 어린것의 장래를 생각할 때면 애잡짤한 감정과 분함을 금할 수 없다. 내가 늘 이 상태면 (그것은 거의 정한 이치다) 그에게는 상당한 교양은 고사하고, 다리 밑이나 남의 집 문간에 버리게 될 터이니, 아! 삶을 받은 한 생령을 죄없이 찌그러지게 하는 것이 어찌 애닯잖으며 분치 않으랴? 그렇다 하면 그것을 나의 죄라 할까?

김 군! 나는 더 참을 수 없었다. 나는 나부터 살리려고 한다. 이때까지는 최면술에 걸린 송장이었다. 제가 죽은 송장으로 남(식구들)을 어찌 살리랴? 그러려면 나는 나에게 최면술을 걸려는 무리를, 험악한 이 공기의 원류를 쳐부수려고 하는 것이다.

나는 이것을 인간의 생의 충동이며 확충이라고 본다. 나는 여기서 무상의 법열法悅을 느끼려고 한다. 아니 벌써부터 느껴진다. 이 사상이 드디어 나로 하여금 집을 탈출케 하였으며, XX단에 가입하게 하였으며, 비바람 밤낮을 헤아리지 않고 벼랑 끝보다 더 험한 X선에 서게 한 것이다.

김 군! 거듭 말한다. 나도 사람이다. 양심을 가진 사람이다. 애정을 가진 사람이다. 내가 떠나는 날부터 식구들은 더욱 곤경에 들 줄도 나는 알았다. 자칫하면 눈 속이나 어느 구렁에서 죽는 줄도 모르게 굶어 죽을 줄도 나는 잘 안다. 그러므로 나는 이곳에서도 남의 집 행랑어멈이나 아범이며, 노두에 방황하는 거지를 무심히 보지 않는다. 아! 나의 식구도 그럴 것을 생각할 때면 자연히 흐르는 눈물과 뿌직뿌직 찢기는 가슴을 덮쳐 잡는다.

그러나 나는 이를 갈고 주먹을 쥔다. 눈물을 아니 흘리려고 하며 비애에 상하지 않으려고 한다. 울기에는 너무도 때가 늦었으며 비애에 상하는 것은 우리의 박약을 너무도 표시하는 듯싶다. 어떠한 고통이든지 참고 분투하려고 한다.

김 군! 이것이 나의 탈가한 이유를 대략 적은 것이다. 나는 나의 목적을 이루기 전에는 내 식구에게 편지도 하지 않으려고 한다. 그네가 죽어도, 내가 또 죽어도……

나는 이러다가 성공 없이 죽는다 하더라도 원한이 없겠다. 이 시대, 이 민중의 의무를 이행한 까닭이다.

아아, 김 군아! 말을 다하였으나 정은 그저 가슴에 넘치누나!

2.

동대문

— 헛물켜던 이야기

1

 헛물켜던 이야기나 하여볼까 한다. 내가 동대문 밖 어떤 문예 잡지사에 있을 때였다. 늦은 봄 어느 날 용산에 갔다가 저녁때에 사로 돌아갔다. 사는 그때 그 잡지를 주관하던 D 군의 집인데 건넌방은 사무실로 쓰고 나도 거기서 먹고 자고 하였다.
 따스한 봄볕에 포근히 취한 나는 마루에 힘없이 걸터앉

아서 구두끈을 끄르는데 부엌에서 무얼 하던 D 군의 부인이 나오면서,

"선생님, 낮에 전화가 왔어요."

한다.

"어서 왔어요?"

나는 마루로 올라가면서 D 군의 부인을 보았다.

"채영숙이라 아세요?"

"채영숙이?"

나는 도로 물었다. 이때 그것은 계집의 이름 같다 하고 나는 생각하였다.

"네, 채영숙이라는 이가 전화를 걸었어요!"

D 군 부인은 그저 나를 의심스럽게 본다. 나는 암만 생각해도 기억이 나지 않았다.

"모르겠는데!"

하고 나는 이맛살을 찌푸리다가 암만해도 믿어지지 않아서,

"또 무슨 거짓 말씀을 하하!"

하고 웃어버렸다.

"아니요. 참말이에요! 가만 어디······."

하더니 D 군의 부인은 마루에 올라서서 건넌방을 들여다보면서,

"글세 저것 보서요. 너무나 채영숙이 옳은데······. 하하."

기가 막힌다는 듯이 웃었다. 나도 그이를 보았다. 마루에서 바라보이는 벽에 걸린 전화 위에 칠판을 달았는데 거기 '채영숙'이라고 썼다. 나는 머리를 숙이고 앉아서 내 기억에 있는 여자란 여자는 다 끄집어내었다.

친구들의 부인까지— 그래야 채가도 없거니와 영숙이라는 이름도 없었다. 나는 꼭 거짓말 같았다.

"또 들리오지 않나! 하하."

나는 혼잣말처럼 뇌이면서 D 군의 부인을 보았다.

"못 미더우면 하는 수 없지요. 허허."

D 군의 부인도 웃으면서 안방으로 들어간다. 나는 건넌방으로 들어가서 모아놓은 원고를 정리했다. 그러나 마음

이 싱숭거렸다. 참을 수 없었다.

"그래 전화를 뭐라구 해요!"

나는 앉은 채 소리를 크게 질렀다.

"하하, 저 선생님의 등 다셨군! 마음이 조이지요? 하하."

D 군의 부인은 딴전을 친다. 나는 그 소리가 그리 싫지 않았다.

"아니 이건 알지도 못하는 사람을 보시고……. 허허 그래 뭐라고 해요?"

나는 정색으로 묻기는 어째 마음이 간지러워서 아주 그렇지 않다는 어조로 물었다.

"그래 꼭 아시고 싶어요, 흥……."

"글쎄 그러지 마시고 말씀하세요."

"아믄요……. 선생님이 원하시는데……. K 선생님 계시냐고 묻더니 없다고 하니 언제나 오시느냐 하고는 끊어요."

K 선생님이라는 것은 물론 나다.

"그래 여자예요?"

나는 그게 여자냐고 물을 때 안된 생각이 떠올랐다. 마치 여자라 하면 수족을 못 쓰는 사내의 약점이 드러나는 것 같았다.

"그럼 여자가 아니고 사내겠어요? 또 모르는 척하시지!"

"참 몰라요!"

"모르면 그만두세요."

나는 더 묻지 못했다. 미주알이 고주알이 알고 싶었고 또 여자라는 데 호기심이 바싹 났지만 연애라면 겉으로 픽픽 코웃음 치고 비웃던 나로서는 더 입을 열 수 없었다.

2

저녁 뒤에 나는 D 군과 같이 마루에 나와 앉아서 흐릿흐릿해가는 황혼빛을 보고 있었다.

"저 K 선생님은 오늘 못 주무실걸. 호호……."

D 군 부인은 고요한 침묵을 깨쳤다. 나는 그것을 직각

적으로 깨닫고도,

"왜요?"

하고 모르는 체하였다.

"채영숙 씨가 생각나서요……."

"채영숙 씨라니?"

곁에 앉았던 D 군은 빙그레하면서 부인을 본다.

"몰라요. 저 선생님더러 물어보세요……. 호호."

D 군의 부인은 웃었다.

"누구요?"

D 군은 나를 돌아보았다.

"글쎄 누군지 내 아오? 부인께 하문하시우 하하."

나도 웃었다.

"이게 어찌 수작인지 굉장하구려 흐흐."

D 군은 빙긋 웃더니 부인을 돌아보면서,

"무슨 일이요?"

하였다.

"호호 이 양반은 왜 이리 애를 쓰시우 호호……. 그런

게 아니라 저 선생님께 애인의 전화가 왔단 말이오. 호호호……."

"호호 좋겠구려!"

D 군도 웃으면서 나를 돌아본다.

"글쎄 알고야 좋아도 좋지……."

"하하하!"

세 사람은 나와 함께 웃었다. 나는 그것이 거짓말이거니 믿으면서도 공연히 좋았다. 그리 싫지 않았다.

그럭저럭 밤은 깊었다. 열시를 땅땅 울렸다. 달 없는 하늘 아래 모든 것들은 어둠에 싸여서 고요히 잠들었다. 이따금 집 앞을 지나는 전차 소리가 요란히 들리고 어둠을 스쳐서 먼 산 날이 하늘 아래 레이스 끝처럼 보였다.

"따르륵! 따르륵!"

이때 건넌방에서 전화가 요란히 울렸다. D 군 부인은,

"에쿠 K 선생을 부르는 게로군! 어디 내가 받아봐야."

하면서 뛰어간다. 나는 그것이 물론 다른 전화거니 생각하면서도 또 채영숙이는 거짓말이다 믿으면서도 행여나

하는 희망도 없지 않는 동시에 그런 전화가 왔으면 하는 마음도 없지 않았다.

"네! 네. 그렇습니다. 네, 계세요······."

이때 옆에 앉았던 D 군은 전등을 켰다. 어둑하던 마루는 갑자기 환하여졌다.

"네······ 잠깐 기다리세요······. 아······ 저 당신은 누구시예요······. 네, 채영숙 씨······ 네 잠깐 기다리세요."

나는 그 소리를 들을 때에 공연히 가슴이 두근두근하면서 나도 모르게 빙긋 웃었다. 건넌방 전등을 켜놓고 빙글빙글 웃으면서 나오는 D 군 부인은,

"선생님 보세요······. 제가 거짓말이지요. 하하, 어서 받으세요······."

하면서 놀리는 듯이 벙긋 웃었다.

"나는 모르겠는데······."

어쩐지 그저 일어서기가 싱겁게 생각난 나는 군소리를 하면서 마지못하는 태도로 전화 앞에 가서 수화기를 귀에 대었다.

"네, 여보세요."

나는 부르면서 뒤를 돌아보았다. D 군 내외는 나를 보면서 벙긋 웃었다.

"여보세요……. 누구세요……. K 선생님이세요?"

아니나다를까 수화기 청을 울리고 내 귀로 들어오는 소리는 비단을 찢는 듯이 쟁쟁하고도 부드러운 여자의 목소리! 내 가슴은 울렁거렸다. 여자를 별로 접하여보지 못하고 또 만날 기회가 있더라도 공연히 수줍고 가슴이 떨려서 낯도 바로 못 쳐드는 나는 전화로 울려오는 소리에까지 온몸이 피가 찌르르 하였다. 그러면서도 그것이 부드럽고 놓기가 어려웠다.

"네, 제가 K예요!"

나는 대답하였다.

"네, 헤헤헤 제—가."

D 군이 내 대답을 흉내 내고 웃더니,

"떨기는 왜 춘향 본 이 도령처럼 하하하!"

웃으면서 나를 본다. 내 소리는 과연 떨렸는가? 나는

그쪽에는 눈도 안 주는 체하면서 아주 점잖게 말을 하였다.

"저는요, 채영숙이에요……."

저쪽 소리는 한층 안존하게 들렸다.

"채영숙이?"

"네……. 왜 모르세요?"

"글쎄 얼른 기억이 안 나는데요."

나는 기억이 나지 않았다. 기억이 나지 않을수록 내 마음은 초조하였다.

"저―지금 틈이 있어요?"

여자의 소리는 퍽 침착하게 다정하게 울렸다.

"왜요?"

나는 어디까지든지 자존을 잃지 않으리라는 어조였다. 이러는 나의 소리와 태도가 D 군이나 그 부인께는 퍽 부자연하게 보였을 것이다. 나는 몰라도…….

"글쎄 왜 저를 모르세요!"

여자는 퍽 답답해하는 어조였다.

"글쎄 누구신지?"

나는 말끝을 흐리마리해버렸다. 이제는 울렁거리던 가슴이 좀 가라앉았다.

"보시면 아시겠어요! 지금 새이 계시면 동대문까지 나와주시겠지요? 네! 꼭 뵈여야 할 텐데요!"

한 마디 두 마디 이어가는 그의 소리는 나와 퍽 친분 있는 소리였다.

"글세……. 여까지 오실 수 없어요?"

나는 빨리 뛰어가고도 싶었으나 그래도 배짱을 튕겼다.

"거기까지는 갈 수 없고……. 좀 비밀히 뵙고 여쭐 말씀이 있는데 지금 좀 나오세요……. 여기는 동대문이니 바로 전차에서 내리는 데서 만납시다."

"글쎄요……."

"그러지 마시고 꼭 오세요. 네 기다리겠습니다."

"네 가지요."

하고 나는 전화를 끊었다. 그러나 나는 얼른 가고 싶지 않았다. 끌리지 않는 바는 아니지만 의심도 났던 까닭이었다.

"선생님! 뭐래요?"

D 군 부인은 호기심이 바싹 나서 묻는다.

"글쎄 동대문에서 지금 만나자고 하는데."

나는 트릿한 수작으로 대답하였다.

"그러면 어서 가보세요."

웃던 D 군의 부인은 정색으로 권한다.

"아니, 글쎄 가본다는 것도 무턱대고 가겠어요? 알지 못하고……"

나는 가고도 싶었으나 그저 속이는 것도 같고 또 D 군 내외가 무슨 짓을 해놓고 놀리는 것도 같았다. 후에 알고 보니 D 군 내외는 히야까시일 따름이었고 나를 권한 것은 참말이었는데 그 당시의 나에게는 모두 의심스러웠고 나의 약점이나 드러나는 듯하였다.

"그래서는 어떤 아씨가 가다고이(짝사랑)를 하는 게지. 야 좋아라! 흐흐."

하고 D 군은 웃는다.

"가다고인? 발간 놈에게 누가……. 하하하."

나는 그럴 듯이도 생각하였으나 역시 배짱을 튕기면서 마루에 앉았다. 그러나 눈앞에 동대문이 떠오르고 어스름한 속에 낯모를 계집의 방긋하는 낯이 떠올라서 마음이 들먹거렸다.

"왜 그러고 앉았어요? 가보세요!"

D 군 부인은 독촉이 성화같다.

"무얼 그런 데까지 가요."

나는 짜증 비슷하게 말했다.

"아주 또 마음은 좋아가지고도……. 우리가 있으니……. 호호."

D 군은 웃었다. 나는 가고 싶었다. 가고 싶은 마음이 점점 났다. 그러나 금방 안 간다고 하고 간다 하기는 뭐하였다. 어서 가보라는 재촉이 더욱더 해줬으면 하고 나는 바랐었다.

"그래도 가봐."

"안 가보세요?"

D 군 내외는 재미있는지 그저 웃었다.

"가볼까?"

나는 일어서서 두루막과 모자를 쓰고 구두를 신었다. D 군의 내외가 나의 뱃속이나 들여다보는 듯해서 퍽 불쾌하기도 하고 채영숙이가 이리로 찾아왔으면 영광스러울 것 같기도 하였다.

3

대문을 나서니 함정에서나 빠져나온 듯이 내 마음은 활로였다. 나는 아무도 안 보는 것이 퍽 마음에 들었다. 허둥허둥 달아나와서 동대문 가는 전차를 탔다.

전차에 앉은 내 머리에는 별별 생각이 다 떠올랐다. 누군가? 채영숙! 채영숙! 채영숙이가 누군가? 어째서 조용히 만나려고 하는가? 나를 은근히 사모하고 사랑하는가?

그러나 내게 무엇을 볼 것이 있나? 내가 인물이 잘났나 돈이 있나? 나는 이렇게 생각하면서 전차 거울 위에다 나를 슬쩍 비춰보았다. 면도를 하지 않아서 수염이 더부룩한 게 마음에 꺼림하였다. 나는 나도 모르게 턱을 만지다가 누가 보지나 않나 하고 돌아보았다. 차 속에 앉은 사람은 모두 나를 주의하고 뱃속을 들여다보는 듯해서 부끄러웠다. 그러나 또 내 머릿속에는 여러 가지 생각이 떠돌았다.

무엇을 보았나? 오오 내가 글줄이나 쓰니 거기에 반했나? 그럴 리가 없다. 아마 다른 일로 보자는 게지……. 이렇게 생각은 하나 연애란 생각은 걷잡을 수 없이 치밀어 오르고 또 그렇기를 은근히 바랐다.

'선생님, 나는 선생님을 사랑.'
하면서 그가 내 손을 쥔다면 나는 무어라 할까?

이렇게 생각하는 내 눈앞에는 동대문이 보였다. 오락가락하는 전차가 보였다. 파출소가 보였다. 전등이 보였다. 전차에서 내리고 오르는 사람이 보였다. 그 사람들 가운데 싸여 있는 어떤 여자의 그림자—흰 저고리 검정 치마에 크도 작도 않은 키! 쑥 부푼 이마! 큼직한 눈! 전등불 아래 교소를 머금어서 불그레한 두 뺨! 흰 이빨 쌔근거리는 숨! 나는 불식간에 그의 손을 잡았다.

"아아 사랑하는 그대여!"

내 소리는 입 밖에 나왔다. 나는 깜짝 놀라서 눈을 뜨면서 차 안을 돌아보았다. 눈앞에 보이는 그림자는 다 스러지고 붉은 불빛과 너덧이나 되는 사람 내—건너편에 앉은 사람은 혼자 빙그레 웃는다. 그 웃음은 나의 태도를 알아차린 듯하다. 나는 얼굴에 모닥불을 끼얹는 듯하였다. 그러면서도 속으로는 기쁘고 그 모든 사람들보다 행복스럽게 생각났다.

전차에서 내린 나는 어쩔 줄을 몰랐다. 그가 어디 와서 기다리는가! 아직 오지 않았나? 하고 컴컴한 문간도 들여다보고 파출소 그늘도 엿보고 저쪽 동대문 부인병원 아래로도 가보았다. 그리고 다시 전차 정류장에도 가보았다. 하여튼 여자라는 여자는 다 빼지 않고 보았다. 그 가운데에서도 이쁜 이면 더 유심히 보았다. 그것이 채영숙이나 아닌가 하는 의심이 나는 까닭이었다. 암만 찾아도 알 수 없었다. 어디 숨었나? 수줍고 부끄러운 생각에 못나서는가? 거절을 당할까 보아서 주저거리나? 거절? 내야 거절을 한들 몹시 할 거 없는데……. 와서 기다리다가 갔나? 가만 있자 내가 전화 받고…… 주저거리고…… 또 전차를 한참이나 기다렸고…… 그래서는 그새에 기다리다가 간 게로구나! 아니 그렇게 갔으려고……. 집에 또 전화가 가지 않았는지? 어디 전화를 하여볼까? 이렇게 생각한 나는 자동 전화실로 향하였다. 파출소 옆에서 발을 떼려는데 저쪽 광화문으로 오는 차가 전차 회사 문 앞에 서더니 그리로써 흰 저고리에 검정 치마 입은 여자가 내린다. 나는 그만 옮기던 발길을 멈추었다.

전차에서 내린 여자는 급히 동대문 쪽으로 오면서 사면을 살핀다. 누구를 찾는가? 나는 그의 일동일정을 빼지 않고 주의하였다. 그 여자는 동대문 앞에 와 서더니 사방을 휘휘 둘러보다가 나를 유심히 보고는 어둑한 동대문통을 들여다보면서 주저거린다. 그러더니 동대문통으로 들어갈까 말까 하다가 다시 나를 본다. 그 태도가 나를 그리로 오라는 것 같았다. 나는 가슴이 울렁거렸다. 나는 그이를 향하고 두어 걸음이나 발을 떼어놓았다. 그 여자는 한참 주저거리고 나더니 문간 안으로 쑥 들어갔다. 내가 그리로 향하는 것을 보고 안심하고 누가 볼까 꺼리는 듯이 들어가는 태도이다. 나도 사면을 돌아보았다. 저쪽에 서 있는 순사가 수상히 보는 듯해서 얼른 그 여자를 따라가지 못하고 주저거리다가 그 순사가 달려오는 전차를 볼 때 슬쩍 동대문 문각에 들어섰다. 컴컴한 문간으로 쏠려 드는 바람은 찼다. 나는 울렁거리는 가슴을 진정하면서 슬금슬금 걸음을 옮겨서 문간을 다 지나 저쪽에 나서다가 딱 섰다.

  컴컴한 문 그림자 속에 쪼그리고 앉았는 여자는 나를 보더니 깜짝 놀라서 일어서면서 치마를 내리면서 뛰어나간다. 그는 오줌을 누다가 놀라서 뛴다. 그는 채영숙이가 아니오. 오줌이 바빠서 들어왔던가 생각할 때 나는 그만 웃지 않을 수 없었다. 허리가 부러지게 뱃살을 잡고 웃는 나는 그만 단념하고 도로 나와서 집으로 나가려고 전차를 기다렸다. 나는 서운하였다. 닭 쫓는 개가 지붕 쳐다보던 격으로 무엇을 잃은 듯도 하고 아까 전차에서 혼자 그리던 공상이 생각나서 불쾌하기도 하며 D 군 내외를 볼 일이 부끄럽기도 하였다. 그러나 마음 한구석에는 그저 무엇을 바라지 아니치 못하였다.

4

일주일 뒤에 나는 영도사로 놀러 갔다. 그것은 영도사에서 전춘회錢春會라는 놀음이 벌어진 까닭이었다. 거기는 D 군도 갔고 B 군 E 군 T 군도 갔으며 기생도 셋이나 있었다. 그중에서도 금선이라는 기생은 나와 친면이 있는 사이였다.

술이 한 순배 돌아서 이야기가 벌어진 판이었다. 장난 좋아하는 B 군은 나를 보면서,

"자네 접때 동대문 속에는 왜 들어갔다 나왔다 했나?"
하고 묻는다.

"언제?"

나는 채영숙이를 쫓아갔던 일이 번개같이 머리를 치는 동시에 의심이 왈칵 났다.

"언제라니? 에…… 한 육칠일 되겠네!"

"어떻게 보았나?"

"응 그날 밤이 그게 퍽 늦어서 나는 어떤 친구의 부인이 부인 병원에 입원하게 되어 인력거를 타고 광화문 쪽으로 오다 봤지! 왜 거긴 있었나?"

"채영숙이를 따라갔지!"

D 군은 맞장구를 치면서 웃었다. 옆에 앉았던 금선이는 나오는 웃음을 못 참는다는 듯이 수건으로 입을 막는다. 나는 부끄러웠다.

"실없는 소리!"

나는 제발 그 말을 말아 달라는 듯이 D 군을 보았다.

"그래 만나봤나?"

B 군은 그리 웃지도 않았다. 그 바람에 금선이는 데굴데굴 굴듯이 웃는다. 저쪽에 앉은 T 군도 죽자고 웃는다.

"자 채영숙이 내 보여줌세…… 금선이 자네 이리 나앉게…….하하."

 B 군도 못 참는 듯이 웃었다. 방 안은 웃음판이 되었다.

"오오 자네들이 K 군을 헛물키웠네……. 하하."

하고 D 군은 금선이와 E 군이며 T 군을 본다. 그제야 해혹解惑이 풀린 나는 그만 얼굴에 모닥불을 끼얹는 듯하고 한편으로는 인격의 유린을 받는 듯도 하며, 한편으로는 나의 못난이가 눈앞에 뵈는 듯이 불쾌하였다.

 지금도 동대문을 볼 때면 그것이 생각나서 나는 혼자 웃고 이마를 찡그린다. 사내의 얼없는 생각이 떠오르고 나 자신도 그러한 생각의 소유자인 사내인 것을 속일 수 없는 까닭이다.

3.

그믐밤

시대: 20여 년 전

장소: 함북 어떤 농촌

1

삼돌의 정신은 점점 현실과 멀어졌다. 흐릿한 기분에 싸여서 한 걸음 한 걸음 으슥하기도 하고 그저 훤한 것 같기도 한 데로 끌려갔다.

수수깡 울타리가 그의 눈앞을 지나고 꺼뭇한 살창이 꿈속같이 뵈는 것은 자기 집 같기도 하나, 커다란 나무가

군데군데 어른거리고 퍼런 보리밭이 뵈는 것은 이웃 최돌네 집 사랑뜰 같기도 하고, 전번에 갔던 뫼 같기도 하였다. 그러나 그는 그곳이 어딘 것을 알려고도 하지 않았고, 또 그 때문에 기분이 불쾌하지도 않았다. 그는 자기가 앉았는지 섰는지도 의식치 못하였으며 밤인지 낮인지도 몰랐다.

그의 눈은 그저 김 오른 거울같이 모든 것을 멀겋게 비칠 뿐이었다.

이때 그의 정신을 흔드는 것이 있었다. 그것은 조금 전부터 저편에서 슬금슬금 기어오는 커단 머리였다. 첨에는 저편에 수수깡 울타리 같기도 하고 짚더미 같기도 한 어둑한 구석에서 뭉긋이 내밀더니 점점 가까워질수록 흰 바탕에 누런 점이 어른거리는 목 배때기며 검푸른 비늘이 번쩍거리는 머리며, 똑 뼈진 똥그란 눈이며, 끝이 두 가닥 된 바늘 같은 혀를 홀닉홀닉 하는 것이 그리 빠르지도 않게 슬근슬근 배밀이 해 오는 꼴은 차마 볼 수 없었다.

그의 가슴은 두근거렸다. 등에는 그도 모르게 찬 땀이

흘렀다. 그는 뛰려고 하였다. 다리는 누가 꽉 잡는 듯이 펼 수 없고 팔도 움직일 수 없었다. 그 무서운 기다란 짐승은 조금도 거리낌 없이 슬금슬금 기어왔다.

이제 위급이 한 찰나 새이다. 그의 몸과 그의 짐승의 입 사이는 겨우 한 자나 남았다.

그는 소름이 쪽 끼치었다. 그는 악을 썼다. 사지는 여전히 마비된 듯하여 꼼짝할 수 없었다. 소리를 질렀다. 입만 짝짝 벌어질 뿐이지 목구멍이 칵 막혀서 숨도 크게 쉴 수 없었다.

그의 숨결은 울렁거리는 가슴과 같이 급하고 잦았다.

온몸의 피를 끓여가면서 쓰는 애도 이제 모두 허사가 되었다. 그의 왼편 발뒤꿈치가 뜨끔하였다.

"으악……."

그는 온몸의 악을 다 내어 소리를 치면서 내뛰었다. 물인지 불인지 모르고 내뛰었다. 징그럽게도 긴 그 짐승은 발뒤꿈치를 꽉 문 채 질질 끌렸다.

"에구…… 이잉…… 아이구."

그는 소리쳐 울었다. 뛰던 그는 귀를 찌르는 벽력같은 소리에 우뚝 섰다. 머리를 돌렸다 하늘을 쳐다보고 땅을 굽어보고 사면을 돌아보았다.

"저게 미치지 않았는가?"

"히히히."

"야 이놈아! 아프다고 핑계를 대고 자빠졌다가 지랄이 무슨 지랄이야? 으응! 칵 퉤……."

마루 위에서 벽력같이 지르는 주인 김 좌수의 호령 소리가 두 번 날 때, 삼돌이는 정신이 번쩍 들었다. 그의 눈앞에는 고래등같은 기와집이 엄연하게 보이고 마루 위에 거만스럽게 앉은 김 좌수의 불그레한 낯이 보였다. 소나기 뒤 쨍쨍한 볕은 추근한 땅에 흘러서 눈이 부시고 서늘히 스쳐가는 바람 결에 논매는 노래가 들렸다. 그는 별세상에 선 듯하였다.

"야 이 머저리(바보) 같은 놈아, 글쎄, 무슨 머저리 행세(바보짓)냐? 무시기 어쩌구 어째? 뱀아페(한테) 물긴 게 아프구 어쩌구, 뛰기만 잘 뛰더구나!"

김 좌수는 물었던 장죽을 한 손에 뽑아들고 노염이 충일해서 호령을 하였다. 뜰에 나다니는 여편네들은 입을 막고 돌아가면서 웃었다. 삼돌이는 죽은 듯이 서 있었다.

"글쎄 이놈아, 입이 붙었니? 어째 대답이 없니? 어째 그랬니?"

김 좌수는 또 소리를 질렀다.

"뱀이 와서 발뒤축을 물어서……."

삼돌이는 쥐구멍으로 들어갈 듯이 겨우 대답하였다.

"뱀이? 저놈으 새끼 실루 미쳤구나! 뱀아페 물긴 게 아프다구 허덕간에 한나절이나 자빠졌었는데 무슨 뱀이 또 거기 있더란 말이냐? 저눔이 필시 꿈을 꾼 게로구나? 하하."

김 좌수는 마지막 말에 자기로도 우스운지 웃음을 못 참았다.

'참말 그래 내가 꿈을 꾸었나.'

이렇게 속으로 생각한 삼돌이도 픽 웃었다. 삼돌의 웃는 것을 본 김 좌수는 다시 노염이 등등해서 호령을 내린다.

"제야 잘한 체 웃음이 무슨 웃음이냐? 어서 또 가봐라. 비오구 난 뒤끝이니 나왔을 거다……."

"아—구 실루, 머저리네!"

병아리 다리를 노끈으로 붙잡아 매어가지고 마루 아래서 놀던 김 좌수 아들 만득이가 삼돌이를 보면서 입을 삐쭉하였다. 삼돌에게는 만득의 소리가 더욱 듣기 괴로웠다. 자기보다도 퍽 차가 있는 어린것에게까지 비웃음을 받는 것이 알 수 없이 불쾌하고 낯이 붉어지면서 온몸이 땅속으로 잦아드는 것 같았다. 만득이는 연주창蓮珠瘡으로 목을 바로 못 가지고 늘 머리를 왼편으로 깨웃하였다. 뻣뻣이 말라서 허수아비에 옷을 입힌 듯한 만득의 해쓱한 낯을 볼 때 삼돌의 가슴에는 가긍스런 생각도 치밀고 미운 생각도 치밀었다. 그것 때문에 밤낮 '배암' 잡아들이라는 호령 받는 것을 생각하면 어서 죽여버리고도 싶었다. 그리고 전번에 왔던 의사도 미웠다. 그놈이 아니었다면 배암 잡으러 왜 다녀? 이렇게도 생각하였다.

"산 배암에게 물리면 연주창에 큰 효과가 있다."
하고 의사가 가르친 뒤로부터 삼돌이는 배암 잡으러 다녔다. 그러다가 이틀 전에 배암에게 다리를 물리고 그것이 너무 아파서 오늘은 드러누웠더니 그런 꿈을 꾸고 또 이 봉변을 당하고 있다.

"낼까지 그러고 있겠니? 빨리 가 잡아라!"

김 좌수의 호령에 멍하니 섰던 삼돌이는 왼편 다리를 절룩절룩 절면서 사랑 머슴방으로 나갔다. 쨍쨍한 볕은 그저 땅에 흘렀다.

2

삼돌이는 배암 잡는 무기를 들고 집을 나섰다. 그것은 낚싯대 끝에 말총 올가미를 붙잡아 맨 것이다. 배암의 목을 올가미질하려는 것이다. 이것은 삼돌의 지혜로 나온 무기였다. 땀과 먼지가 엉키어서 찌덕찌덕한 적삼 등골로

스머드는 삼복 볕은 유난스럽게 뜨거웠다. 무릎까지 오는 베 고의에 코가 떨어진 짚신을 끌고 절룩절룩 걸을 때마다 몸에서 오르는 땀 냄새는 시틋하고 구렸다.

집 앞 채마밭을 지나서 눈이 모자라게 벌어진 논가 길에 나섰다. 지지는 볕 아래 빛나는 홍건한 논물은 자 남짓이 큰 벼포기 그늘을 잠갔다. 그루를 박아 세운 듯한 한결같은 키로 질펀히 이어 선 벼는 윤기 나는 푸른 비단을 살짝 깔아놓은 것 같았다. 이따금 스치는 서늘한 바람에 가는 벼 잎이 살금살금 물결치는 것은 빛나는 봄 하늘 아래서 망망한 큰 바다를 보는 것 같았다. 삼돌이는 멍하니 서서 그것을 보았다. 시각이 옮겨갈수록 현실에 괴로운 그의 의식은 점점 신선하고 빛나는 자연과 어우러져서 그는 자기라는 존재까지 잊었다. 그에게는 빛나는 태양과 푸른 벌판과 서늘한 바람이 있을 뿐이었다. 베 고의적삼에 삿갓을 쓰고 논 기음에 등을 지지던 농군들은 저편 방축 버드나무 그늘 아래서 담배도 피우고 장기도 두고 있다. 삼돌이는 그것을 볼 때 잠잠하던 마음이 다시 물결쳤다. 자기도 밭이나 논에서 기음 맬 때는 길 가는 개까지 부럽더니 오늘은 그것이 도리어 부러웠다. 그는 아픈 다리를 질질 끌면서 방축 아래 좁은 길로 앞산을 향하였다.

"삼돌이, 자네 또 뱀 잡으러 가는가?"

방축 위 서늘한 그늘 속에 누워서 담배 피는 늙은 농군이 소리쳤다. 삼돌이는 대답 없이 그리를 쳐다보며 빙그레 웃었다.

"웃기는, 개꽃 싸라간 눈처럼! 히히."

그 옆에서 고누를 두던 쇠돌이라는 젊은 농군이 웃었다.

"에이구! 끅끅 뱀이를 그렇게두 잡니? 새나 다람쥐를 말총 올개미루 잡지 뱀을 올개미로 잡는 데를 어디서 봤니, 하하하."

"그러문 어떻게 잡니?"

힘없이 말하는 삼돌은 서먹한 웃음을 억지로 웃었다.

"몽치로 때려 붙들어야지 이눔아. 뱀이 죽었다구 올개미에 들겠니?"

"응, 때리문 죽어두……. 산 뱀이라야 쓴단다."

누군지 기다리고 있는 듯이 받아쳤다.

"응, 산 뱀은?"

"김 좌수 아들이 엔쥐챙 있는데 손가락 물기문 낫는다네."

이런 말을 듣다가 삼돌이는 다시 걸음을 걸었다. 머리 뒤에서 수군거리고 웃는 것은 모두 자기를 비웃고 멸시하는 듯이 불쾌하였다. 걸음까지 터벅거렸다.

모래땅은 물기운이 벌써 빠져서 삭삭 마르고 굳고 오목한 데는 그저 빗물이 괴어서 반짝거렸다.

구불구불하고 축축한 산길을 휘돌아 오른 삼돌이는 쓰러진 나뭇등걸에 걸터앉았다. 등에는 땀이 흠씬 내배고 전신에서 후끈후끈 오르는 땀 냄새는 김같이 뜨겁고 시틋하였다. 그는 이마의 땀을 씻으면서 가슴을 풀어헤쳤다. 가슴은 마구 뛰었다.

크고 작은 소나무가 빽빽이 들어서서 으슥한 속에 가지 사이로 흘러드는 쨍쨍한 볕은 우거진 풀잎에 아롱아롱 흘렀다. 이따금 우우 하고 소나무 끝을 스치는 바람 소리는 시원히 들리나 숲 속은 고요하였다. 나무와 나무 사이를 스쳐서 어른어른 푸른 벌이 내려다보이고 그 한쪽으로 볕에 눈이 부실 듯한 마을 집마을이 보였다. 이렇게 사면을 돌아보면서 한참 앉았으니 몸이 점점 식고 마음이 가라앉아서 한숨 자고 싶었다. 그러나 주인 영감의 시뻘건 눈깔이 눈앞에 언뜩할 제 그는 정신이 바짝 들고 자기도 모르게 벌떡 일어났다. 그는 다시 터덕터덕 산마루턱 감자밭 가에 이르렀다. 우중충한 숲 속을 벗어나오니 환한 것이 졸지에 딴세상이나 밝는 것 같았다. 그는 감자밭과 숲 사이에 난 좁은 길로 돌아다니면서 끼웃끼웃하였다. 돌을 모아놓은 각담도 뒤져보고 쓰러진 나뭇등걸 위도 보았다. 소나기 지난 뒤요, 따라서 볕이 쨍쨍하니 배암이 나오리라는 자신도 없지 않았다. 그는 어둔 벼랑길을 더듬는 소경처럼 조심조심스럽게 걷다가는 서고 서서는 이리 기웃 저리 기웃하였다. 이름도 모를 풀이 우거진 숲을 들여다보고 풀잎이 다리에 스르럭스르럭 스칠 때면 그는 공연히 몸이 오싹오싹하고 옮기던 발이 저절로 멈추어졌다. 어디서 바람 소리 새 소리만 들려도 그의 가슴은 두근두근하였다. 이렇게 어청어청하다가 감자밭 맨 끝 커단 나무가 쓰러진 곳에 이르러서 그는 우뚝 서면서 입을 벌렸다. 그는 금방 뒤로 자빠질 듯이 궁둥이를 뒤로 내밀고 서서 어쩔 줄을 몰랐다. 그의 눈은 유리알을 박은 듯이 꼼짝 않고 쓰러진 나무 위만 쏘고 있다.

크고 작은 풀이 우거진 새에 흉악한 짐승같이 쓰러진 나무는 언제 쓰러진 것인지 껍질은 썩어 벗겨지고 살빛이 꺼뭇하게 되었다. 군데군데 쪽쪽 트기도 하고 감탕 물속에 거머리 지나간 자취모양 아롱아롱 좀먹은 자리도 있다. 그리고 어떤 데는 뜨거운 볕에 송진이 끓어서 번지르하고 찐득찐득하게 보였다. 그 나무 한복판에 길이가 발이 넘고 굵기가 어린애 팔뚝만한 것이 고요히 붙어 있다. 퍼런 등골은 햇볕에 윤기가 번득거리고 히슥한 뱃살에 누런 점이 얼룩얼룩하였다. 그리고 둥그스름하고 넓적한 머리에 불끈 뼈진 눈은 때룩때룩하였다. 그 생김생김이 자기를 물던 놈 같기도 하였다. 그놈에게 물려서 이틀 밤이나 신고를 하고 아직도 낫지 않는 것을 생각하면 그놈을 꼭 깨물어 잘근잘근 씹어 삼키고 싶으나 때룩때룩한 눈깔이나 얼룩얼룩 징그럽게 늘어진 꼴은 금방 몸에 와서 말리고 서리는 듯해서 점점 뒷걸음만 났다. 그러다가도 주인 영감에게 서리 같은 호령 들을 것을 생각하니 그저 물러갈 수도 없었다.

우우하는 소리와 같이 수수 흔들리는 소리가 들렸다. 배암만 보고 무시무시하게 서 있던 삼돌이는 깜짝 놀라 뒤를 보고 발을 굽어보았다. 그것은 바람 지나는 소리였다. 그는 긴 한숨을 쉬면서 가만가만 나뭇등걸 곁으로 갔다. 손에 잡은 낚싯대가 자랄 만한 곳에 가서 엉거주춤 섰다.

"획— 획."

그는 휘파람을 불었다. 고요한 볕 아래 누웠던 배암은 그 소리를 들었는지 머리를 들어 ㄱ자로 구부리고 눈을 때룩때룩하였다. 그때 그놈을 칵 때렸으면 단박 잡을 듯하나 그래서 죽으면 힘은 힘대로 들이고 아무 소용없는 짓이다. 그러나 그놈을 설다루어서는 뺑소니를 칠 것이다. 삼돌이는 이렇게 생각은 하면서도 어쩔줄을 몰랐다. 그는 낚싯대를 뻗쳐서 올가미를 배암 머리 편에 댔다. 배암은 머리를 기웃기웃하더니 늘씬한 몸을 늘였다 졸이면서 그 나뭇등걸 밑으로 머리를 수그렸다. 푸른 바탕에 누른 점 흰 점이 볕에 얼른얼른 빛났다. 그것이 징글징글 기어 풀 속으로 내리는 것은 정신이 아찔하도록 무서웠다. 그것이 풀포기 밑으로 스르르 나와서 바짓가랑이 속으로 금방 들 듯이 신경이 찌긋찌긋 하였다. 그는 등골에 찬 땀을 흘리면서 소름을 쳤다. 그러면서도 그것을 놓치는 것이 안 되어서 자기도 모르게 낚싯대로 등걸에 겨우 남은 꼬리를 쳤다. 꼬리는 꾸불하더니 쏜살같이 풀 속에 숨어버렸다. 그때 그는 바른편 넓적다리가 뜨끔하였다. 그것은 배암의 꼬리를 칠 때 낚싯대 그루가 잘못 넓적다리에 찔린 것이었다. 신경이 예민해서 그는 그것이 배암의 이빨이 박히는 줄 믿었다.

"으악……"

삼돌이는 낚싯대를 버리고 뜨끔한 넓적다리를 붙잡으면서 뛰었다. 감자 포기, 풀포기, 나뭇등걸, 가시밭—그 모든 것을 헤아릴 수 없이 마구 뛰었다. 발에 걸쳤던 짚세기는 어디로 갔는가? 발끝과 아랫다리는 나무그루와 가시에 찢겨서 새빨간 피가 스치는 풀잎을 물들였다. 그 모든 것을 느끼지 못하고 삼돌은 그저 허둥지둥 뛰었다. 한참 뛰던 삼돌이는 짜근—소리와 같이 두 눈에서 불이 번쩍 일면서 정신이 아찔하여 그 자리에 쓰러졌다. 아무도 없는 고요한 숲 속 바위 밑에 쓰러진 삼돌의 이마에서는 걸디건 피가 느른히 흘렀다.

바람은 때때로 숲 끝을 우수수 지났다. 서천에 좀 기운 볕은 여전히 가지 사이로 흘러들었다. 멀리 논벌에서 은은히 울려오는 논김 노래가 새소리 벌레 소리와 같이 숲 속으로 흘렀다.

3

 삼돌이는 등골이 선뜩선뜩함을 느끼면서 흐릿한 눈을 비비었다. 우중충한 가지와 가지가 머리를 덮은 사이로 흰 하늘이 엿보였다. 그는 일어앉아서 앞뒤를 보았다. 자기 몸은 뜻하지도 않은 풀 속에 있다. 지금이 아침인가? 저녁인가? 또는 꿈인가? 이렇게 생각하다가 그는 피 묻은 자기 손이 언뜻 눈에 띄자 두 눈이 뚱그레졌다.

 손을 펴서 들고 뒤쳐보고 젖혀보다가 적삼 앞과 고의에 검붉은 피가 발린 것을 보고 그의 눈은 더 뚱그레졌다. 그는 비로소 앵한 이마가 쩌릿쩌릿함을 느꼈다. 그는 이마에 손을 대었다. 손이 닿을 때 이마가 쓰리고 손에 척은한 것이 발렸다. 그는 손을 떼어보았다. 언제 흐른 피런가. 엉기어 걸어져서 흐르지는 않고 그 빛은 검붉다. 이마는 점점 쓰리고 아팠다. 그는 쫑그리고 우두커니 앉아서 두 손을 엇결은 채 피 씻을 생각도 하지 않고 무엇을 생각하였다. 그의 눈은 옛 기억을 좇는 듯이 흐릿한 속에 의심이 들어찼다.

피가 웬 필까? 어찌하여 예까지 왔나? 집에서 떠나서 배암 잡다가 뛰던……. 이렇게 아까 일이 오랜 일같이 슬금슬금 떠왔다. 그러나 어찌하여 이마가 터진 기억이 얼른 나지 않았다. 누구에게 맞았나? 아니 맞았으면 모를 리 없다. 배암에게 물렸나? 배암이 이렇게 물 리는 없고……. 이렇게 생각생각 끝에 허둥허둥 뛰다가 이마가 짝근 부딪치던 일까지 생각났다. 그러나 뒷일은 종시 떠오르지 않았다.

"오오, 그래 어디 부딪친 게로구나!"

그는 무슨 수수께끼나 푼 듯이 이렇게 혼자 부르짖었다. 동시에 그는 넓적다리를 급히 만져보았다. 아까 뜨끔하던 기억이 오른 까닭이었다. 그러나 아무렇지도 않은 것을 볼 때 그는 혼자 픽 웃으면서 한숨을 지었다.

삼돌이는 모든 기억이 또렷이 나설수록 이마가 몹시 저렸다. 그는 풀잎을 따서 피를 씻었다. 풀잎이 상처에 닿을 때면 바늘로 따끔 찌르는 듯도 하고 딱지 뗀 헌 데를 만지는 것 같기도 해서 온몸이 송구러들었다. 피를 씻은 뒤 허리끈을 풀어서 이마를 동였다. 그리고 바지춤을 움켜잡고 숲 속을 어슬렁어슬렁 나왔다.

감자밭에 나선 그는 조심스럽게 아까 배암 나왔던 등걸 앞으로 갔다. 풀대가 바람에 어른하여도 배암 같아서 가슴이 뜨끔하였다. 그는 저편 풀 위에 던져져서 풀이 바람에 움직일 때마다 흔들리는 낚싯대를 집어 들고 마을로 내려갔다.

숲 속에 흐르던 볕은 자취를 감추고 눅눅한 그늘이 숲을 덮었다. 바람이 스치는 때마다 잎들은 우줄우줄 춤을 췄다. 어디선지 새 소리가 울렸다. 나무 사이를 스쳐서 멀리 파란 벌판 끝에 저녁볕이 벌겋게 타들었다. 그는 더듬더듬 내려오다가 길옆에 서리서리 늘어진 칡 줄기를 잘라서 허리를 잡아매었다. 우중충한 숲을 벗어나서 산 아래로 내려온 그는 볕에 나섰다. 아까 오던 방축 아랫길로 발을 옮겼다. 방축에 모여 앉았던 일꾼들은 깡그리 논으로 내려가고 머리에 석양을 받은 수양버들만이 실바람에 흐느적거렸다.

앞으로 끝없이 끝없이 잇닿은 푸른 논판에 붉은 저녁볕이 비껴 흐르고 실바람이 스치는 것은 더욱 아름다웠다. 온 세상의 모든 행복은 기름이 흐르듯이 윤기 돌아 먹음직하게 연연히 자란 푸른 포기가 벼 바다에 물결쳐 넘는 듯하였다. 온몸을 벼포기 속에 숨기고 오직 삿갓 꼭대기와 땀 밴 등만 드러내고 걸음걸음 기어가면서 김매는 농군들은 신선같이 보였다. 그는 그것을 보고 맞추어 부르는 격양가 소리에 귀를 기울이고 멍하니 서 있었다. 자기도 배암잠이만 아니었다면, 아니 그놈의 만득이 연주창만 아니었다면 지금 저 속에서 저네와 같이 노래를 부를 것이다. 이슬에 베잠방이를 적시고 불볕에 등골을 지지면서 김매는 것이 더 말할 수 없는 설움이요 괴로움인 줄 알았더니 이제 와서는 세상에 그처럼 즐거운 일은 없을 것 같다. 지금 신선같이 느껴지는 그네, 저 푸른 벼 바닷속에서 김매고 노래 부르는 그네가 모두 자기와 같은 사람이요, 또 자기 친구요, 또 같은 일꾼으로 네냐 내냐 지내왔는데 지금은 그네가 별로 높아진 듯이 느껴졌다. 그렇게 느껴질수록 그는 두 어깨가 축 늘어지는 것 같고 온몸이 땅에 자지러지는 듯하였다. 스쳐가는 바람, 흔들리는 풀조차 자기를 비웃는 듯이 자취자취 설움이었다.

어려서 부모를 잃고 남의 집구석으로 다니면서 꼴이나 베고 소나 먹이며 김매면서 나이 삼십이 되도록 장가도 못 들고— 그것도 부족하여 팔자에 없는 배암잡이로 다리 병신 되고 이마까지 터뜨린 것을 생각하니 새삼스럽게 가슴이 미어지고 눈에 눈물이 핑 돌았다. 그는 그 자리에 주저앉아 울었다. 목이 메어 소리는 나오지 않고 눈물만 쫙쫙 흐르고 가슴이 꽉꽉 막혀서 주먹으로 가슴만 꽝꽝 쳤다.

논판에 흐르는 석양은 점점 자리를 옮겨서 멀리멀리 붉어가고 서늘한 실바람은 끊임없이 수양버들 가지를 흔들었다.

한참 애끊게 울던 삼돌이는 주먹으로 눈물을 씻고 일어섰다. 방축 아래 벼 잎에 진주 같은 이슬이 쪼르르 쪼르르 흐르는 논가 좁은 길을 지나 집 가까이 왔다. 타박타박한 그의 걸음은 더 느려졌다. 그의 발은 마음과 같이 무거웠다. 만일 그의 손에 꿈틀거리는 산 배암만 잡혔다면 그는 이마가 저리고 다리 아픈 것까지 잊어버리고 집으로 달아 들어갔을 것이다. 주인 영감의 독살 오른눈과 고무 볼같이 불어서 불룩불룩하는 두 뺨이 눈앞을 언뜻 지날 때 그는 어깨를 오싹하면서 머리를 힘없이 가슴에 떨어뜨렸다. 그는 발을 돌렸다. 그만 어디라 없이 끝없이 끝없이 가버리고 싶었다. 이꼴 저꼴 다 안 봤으면 살이 찔 것 같았다.

'애키 가자! 그만 달아나자!'

이렇게 생각은 하였으나 가면 어디로 가며, 간들 무슨 수가 있으랴— 하는 생각이 또 머리를 쳤다. 뒤따라 너덜너덜한 누더기를 몸에 걸치고 이집 저집 들어가도 밥 한 술 주지 않고 일까지 시켜주지 않아서 주린 배를 움켜쥐고 이슬을 맞으면서 밤을 지내던 옛날의 자기 그림자가 눈앞에 떠오를 때 그는 그것을 보지 않으려는 듯이 머리를 흔들면서 휙 돌아서서 집으로 빨리빨리 걸어갔다.

삼돌이는 집에 가까이 왔을 때 집 앞 채마밭에 나선 주인 영감의 그림자를 보고 가슴이 두근두근하며 눈앞이 흐리고 다리가 떨렸다. 마치 침침칠야에 무서운 짐승 있는 굴로 들어가는 듯하였다.

"응, 오늘은 잡았지?"

삼돌이를 본 김 좌수는 '네까짓 놈이 그렇지 무얼 잡겠니' 하는 눈초리로 물었다. 삼돌에게는 그 소리가 벽력같았다. 그는 머리를 수그리고 가만히 서 있었다.

"어째서 대답이 없니?"

김 좌수의 소리는 점점 커졌다.

"못 잡았소……."

무서운 권력 앞에 마주 선 잔약한 생명의 소리같이 삼돌의 가는 소리는 떨렸다.

"응, 무시기 어쩌구 어째? 아까운 쌀을 뱃등이 터지두룩 먹구 그거 하나두 못 잡는단 말이냐? 응, 글쎄!"

주인 영감은 삼돌이를 쥐어나 박을 듯이 벌벌 떨면서

눈이 빨개서 삼돌이를 노려보았다.

"이매는 왜 그 꼴이냐?"

"뱀아페(뱀한테) 딸기와서(쫓겨서) 엎어져서(넘어져서) 그랬음메!"

그는 겨우 울듯 울듯이 대답하였다.

"엑!"

주인 영감은 주먹을 불끈 쥐고 이를 악물더니 가죽신 신은 발로 삼돌의 가슴을 찼다.

"힝."

삼돌이는 기운 없이 자빠졌다.

"이눔아!"

주인 영감은 또 쥐어박을 듯이 주먹을 부르쥐고 앞으로 몸을 쏠리면서,

"이 못생긴 놈아! 응? 뱀 잡기 싫으니 일부로 이매를 터쳐가지구 와서…… 즌 개소리를 친단 말이냐? 그깟 눔의 핑계 대문 뉘귀 곧이나 듣니? 응 이눔아(거꾸러져 소리 없는 삼돌의 등을 꽝 밟으면서), 가가라, 저런 쌍눔으 새끼

를 밥을 멕이다니……."

분이 나서 소리를 고래고래 지르면서 펄펄 뛰었다.

"애고! 이게 영감이사…… 이게 워쩐 일이오. 그만두오!"

곁에 섰던 주인마누라가 주인의 팔을 끌어당겼다.

"노덕(마누라)이는 아무 것두 모르구서 가만있소! 저놈아를 죽이든지 내쫓든지 해야지!"

주인은 또 발을 들었다. 주인마누라는 주인의 발을 잽싸게 안으면서,

"영감! 이거 그만두오……."

울듯이 말렸다. 어른 아이 할 것 없이 채마밭머리에 죽 모였다. 삼돌이는 땅에 거꾸러진 채 아무 소리도 없었다. 무심한 저녁연기는 점점 퍼져서 마을을 싸고 먼 산허리까지 가렸다. 괴괴거리고 발머리를 헤매던 닭들도 홰에 오르기 시작하였다.

4

 밤부터 내리는 실비는 아침에도 출출 내렸다. 김 좌수는 아침 뒤에 삿갓을 쓰고 비를 맞으면서 배추밭에 오줌똥을 주었다. 거뭇하고 부들부들한 흙에 비가 괴어서 디딜 때마다 발이 쑥쑥 들어갔다. 삿갓에 떨어진 비는 삿갓 네 귀로 낙숫물처럼 흘러내렸다. 후줄근한 고의적삼 소매 끝과 가랑이 끝에도 물이 뚝뚝 흘렀다. 그는 팔을 불끈 걷어붙이고 바가지로 똥을 풀어논 것을 퍼서는 한쪽 손으로 배추 포기를 비스듬히 밀면서 밑동에 부었다. 큰항아리 통같이 비대한 몸이 끙끙 하면서 등깃등깃 수그렸다 일어났다 하다가는 한숨을 쉬고 턱에 흘러내린 빗물을 씻으면서 빳빳이 서서 이리저리 돌아보았다.

 바람 없는 가는 빗발이 푸른 잎잎에 소리를 치는 것은 먼 바람소리 같기도 하고 은은한 물소리 같기도 하였다. 넓은 들과 먼 산은 뿌연 빗속에 고요히 잠자는 것 같다.

어디서 개구리 소리가 들렸다. 병아리 데린 암탉은 저편 울타리 밑에서 꼬록꼬록하면서 목을 늘여 끼웃끼웃한다.

"에키 망한 늠으 새끼, 자빠져서 늙은 게 이 고생이로구나."

김 좌수는 혼자 분개한 소리로 뇌이면서 등깃등깃 오줌을 나른다. 삼돌이가 이마와 다리가 저려서 며칠 드러누워 있게 된 뒤로 집터 밭은 김 좌수가 맡아보게 되었다. 그는 비 오는 때를 타서 거름을 한다고 식전에도 삼돌이를 죽으라고 호령하고 아침 뒤에 배추밭으로 나왔다.

김 좌수는 삼대 좌수이다. 그 까닭에 여기에는 지금도 읍으로 들어가나 시골집으로 나오나 세력이 등등하였다. 누구나 그 앞에서 기지 않으면 호령이요 볼기였다. 그것은 무조건이다. 그러나 그의 집은 퍽 소조하다. 그의 마누라, 아들, 며느리, 머슴, 그, 그리고 먼 일가 되는 늙은 여편네가 와서 밥 짓고 빨래나 거들어주고 얻어먹는다. 그의 아들 만득은 금년 열여섯이 된다. 열두 살 때에 장가보내서 며느리를 삼았는데 만득이가 어려서부터 목에 돋친 연주창이 장가든 뒤로는 더 심해서 약이란 약과 의원이란 의원은 다 들여보았으나 조금도 효과가 없었다. 작년에 죽은 큰 마누라에게 자식이 없어서 처녀 장가 들어서 맞은 첩에게서 늦게야 얻은 것이 만득이었다. 그러한 자식의 병이니 간호가 여간 크지 않았다. 일전에는 타도 의원을 모셔다가 보였는데 그 의원은 이러한 말을 하였다.

"배암 산 것을 잡아서 병자의 긴 손가락을 물리시오. 그놈이 연주창 있는 사람은 잘 물지 않으니 그리 알아서 단단히 잡쥐어야 합니다. 그래서 효과가 없거든 사람의 모가지 고기를 병자가 모르게 얻어 먹이시오. 그밖에는 약이 없습니다."

이 뒤부터 김 좌수는 여러 군데 산 배암 잡아들이라는 영을 놓고 머슴 삼돌이까지 배암잡이에 내놓았다.

"아 좌수 영감 이 비 오는데 어쩐 일이오니까?"
하고 등 뒤에서 외치는 소리에 김 좌수는 머리를 돌렸다.

"응, 자네 왔는가? 이 비 오는데 어디 갔다 오는가?"

김 좌수는 일어섰다. 그 사람은 김 좌수 동리에서 이십 리나 떨어져 사는 사람인데 최 유사라고 부른다.

"여꺼지 온 길이외다."

바지를 무릎 위까지 걷고 부대를 등에 걸친 최 유사도 삿갓을 썼다. 가늘고 할끔한 다리에 구실구실한 검은 털이 나고 푸른 힘줄이 아른아른한 것은 농토에 어울리지 않는 살빛이었다.

"무슨 일로 여꺼지 왔는가?"

그저 한결같이 내리는 비는 두 사람의 삿갓을 치고 연둣빛 윤기 흐르는 배춧잎을 살랑살랑 건드렸다.

"좌쉿님 무슨 뱀이를 쓰신다구 해서……."

최 유사는 황송스럽게 말하면서 김 좌수를 보고 웃었다. 그 웃음은 무슨 큰 자랑거리나 감춘 듯하였다.

"응! 그래……."

빳빳이 섰던 김 좌수는 무슨 수나 난 듯이 들었던 바가지를 던지고 최 유사 곁에 다가섰다.

"응, 그래 어찌 됐는가? 전번 휘구 편에 자네게두 부탁을 했지? 그래 구했는가?"

"여기 잡았는데……"

하면서 최 유사는 왼손에 들었던 척 늘어진 베주머니를 내들었다.

"응, 그건가?"

김 좌수는 물에 빠진 사람처럼 덤비면서 손을 내밀어 받으려다가 비에 젖은 주머니가 꿈틀꿈틀 물결치는 것을 보더니 그만 손을 움츠러들였다. 손 움츠러들인 것이 스스로도 안되었는지,

"하여간 들어가세! 이 비 오는데 큰 고생을 했네!"

하고 앞장을 섰다.

"별말씀을 다 하심메!"

최 유사는 희색이 만면해서 뒤따랐다.

"저 덕이 집 최 유사 뱀이를 잡아왔구마?"

헤벌헤벌 마당에 들어선 김 좌수는 소리를 질렀다. 방문이 열리면서 주인마누라가 나왔다. 온 집안은 끓었다. 닭을 잡네, 찰밥을 짓네 하여 최 유사 점심 준비에 여편네

들은 수수거렸다.

"여보 노댁이(마누라!) 저 건넛집 선동 아비를 오라구 하오……. 그놈 삼돌인지 셋돌인지 앓아 자빠 누웠으니……."

김 좌수는 분주히 들락날락하면서 떠들었다. 김 좌수가 부른 선동 아비가 왔다. 그는 김 좌수의 아우다. 이웃집 늙은이 두어 분도 왔다. 어수선 들썩하던 집 안이 점심상이 방에 들게 된 뒤로 조용하였다. 한참 만에 우루루 흐트러진 머리에 감투를 눌러 쓴 선동 아비가 이웃집으로 가더니 한 자 남짓한 왕대王竹를 가져왔다. 방 안에 모여 앉은 여러 사람은 우우 나왔다. 툇마루에 나선김 좌수는,

"삼돌아!"

높이 불렀다.

"삼돌아! 저눔이 죽었니?"

더 높이 불렀다.

"네……."

하고 짧고 쪽쫄리운 듯한 대답이 들리더니 이윽하여 사랑

으로 어청어청 들어오는 삼돌의 머리는 누구에게 쥐뜯긴 것처럼 터부룩하게 되었다. 검은 낯에 두 뺨은 좀 빠졌고 이마는 꺼먼 수건으로 동였으며 이맛살은 조금 찌푸렸다.

"네 이놈아, 남은 이 비 오는데 뱀이를 잡아가지고 왔는데 너는 꾹 들어백혀서 대가리도 안 내민단 말이냐?"

주인 영감의 소리는 나직하나 위엄이 등등하였다. 삼돌이는 아무 대답 없이 마루 아래 수굿이 서 있었다. 여러 사람들은 다 한 번씩 삼돌을 보았으나 그런 인생이 있는가 없는가 하는 태도였다.

"어서 저기 참대통에 넣라."

김 좌수의 소리가 끝나자 선동 아비는 배암 든 베주머니를 집어서 삼돌에게 주었다. 삼돌이는 서먹서먹해서 주저거리다가 겨우 받았다.

"야 이놈아, 얼른 쥐내라!"

김 좌수는 눈을 부릅뜨고 입을 비죽거렸다.

"쥐내다니, 산 뱀을 어떻게 쥐오?"

선동 아비는 왕대를 손 새에 넣고 쓱쓱 훑으면서 혼잣

말처럼 뇌었다.

　삼돌이는 베주머니 아가리를 열었다. 그는 조심스럽게 열고 들여다보더니 어깨를 으쓱하면서 머리를 돌렸다.

　"그대루는 안 되리라. 꼬리를 맸으니 그 노끈을 쥐내게!"

　문턱 앞에 앉았던 최 유사가 앉아서 가르치더니 그만 자기가 들어서 그 끈을 집어냈다. 배가 희고 등이 거뭇한 것이 노끈을 좇아 꿈틀하면서 달려 나왔다. 길이가 자가 되나마나 하고 통은 엄지손가락만한 독사였다. 노끈에 꼬리가 달려서 데롱데롱 드리운 배암은 꾸핏꾸핏 몸을 틀다가도 머리를 빳빳이 하고 허리를 휘어서 사람의 손을 향하고 치올랐다. 겨우겨우 꼬리 끝 가까이 오다가는 그만 힘이 모자라는지 축 늘어져버린다. 그렇게 사오 차나 하더니 그 담에는 죽은 듯이 축 늘어졌다. 마치 짐승의 밸을 늘인 듯하나 이따금 꿈틀꿈틀할 때면 삼돌이는 등골이 근질근질하였다. 선동 아비는 왕대 구멍을 요리조리 뺑소니치는 배암 머리에 대더니 한참 만에 댓속에 배암을 집어넣었다. 댓속에 스르르 든 배암의 머리가 손 잡은 쪽대 구멍으로 거진거진 나오게 된 때에 처음 머리 넣은 구멍 밖에 뼘이나 남은 꼬리를 쏙 휘어다가 대에 꼭 잡아매었다.

이때 방으로 들어간 김 좌수는 엉엉 우는 만득이를 붙잡고 나왔다.

"훙— 으으! 싫소— 으응."

만득이는 문턱에 발을 버티고 뒤로 몸을 젖히면서 고함을 쳤다. 뚱뚱한 김 좌수는 만득의 겨드랑이를 들어 내밀었다.

"이눔으 새끼야, 죽기보담은 안 날나더냐?"

그러나 만득이는 좀처럼 나오지 않았다. 왕대를 쥐고 섰던 선동 아비까지 대는 삼돌에게 주고 만득이를 끄집어내기에 힘썼다.

"만득아, 아프지 않다. 눈을 질끈 감고 견데라."

선동 아비는 순탄스럽게 말하였다.

"이런 개새끼 같은 눔으 새끼—야이 쌍눔으 새끼야."

김 좌수는 솥뚜껑 같은 손으로 만득의 머리를 쳤다.

"에구 제마 이잉 에구 내 죽슴메―."

마루로 끌려 나오는 만득이는 집이 떠나가게 통곡한다.

"에구! 그거 무슨 때림매? 철없는 거 얼리지 때릴 게 무에요."

영감 곁에 섰던 주인마누라는 가슴이 아프다는 듯이 영감을 흘끗 보았다. 마루에 모였던 사람들은 모두 모여들어서 만득이를 붙잡았다. 만득이는 그저 섦게 섦게 통곡했다. 삼돌이는 왕대통을 가로 들었다. 여러 사람들은 만득의 바른편 장손가락을 배암의 머리가 있는 대구멍에 넣었다.

"에구― 제마―."

만득이는 몸을 부르르 떨면서 오장이 뒤집히는 듯이 소리를 질렀다. 사람들은 만득의 손가락을 뽑아보았다. 그러나 배암은 물지 않았다. 이번에는 만득의 손가락을 배암의 입에다 꾹 대고 바늘로 배암의 꼬리를 쑥쑥 찔렀다. 엉엉 울던 만득이는 갑자기 몸을 송그리고 울면서 낯이 파래서 큰 소리를 질렀다. 여럿이 뽑는 만득의 손가락에서는 검붉은 피가 뽀지지 돋았다.

"됐다! 우지 마라, 이저는 그만둬라."

김 좌수는 큰 성공이나 한 듯이 희색이 만면해서 만득이를 달래었다.

"응, 이거 먹어라. 우지 마라."

주인마누라는 꺼먼 엿 뭉치를 만득의 가슴에 안겼다.

"으응 흥…… 에구……."

만득이는 모두 귀찮다는 듯이 발버둥을 치면서 그저 울었다.

"어— 이제는 낫겠군—. 그러나 그 뱀을 불에 태우오. 그놈이 살아나문 아무 효험두 없는걸!"

어떤 늙은이가 점잖게 말했다.

5

그럭저럭 하는 새에 중복이 지나고 말복이 지났다. 배암이 문 덕이든지 만득이의 병은 좀 차도가 있었다. 목으로 돌아가면서 두투름두투름 돋아서는 물이 번지르르하게 터지던 연주창이 더 돋지 않았다. 번지르르하던 물도 차츰 거두었다. 일심 정력을 다 들여서 구호하는 사람들은 모두 웃음이 흘렀다.

그러던 연주창이 말복이 지나서부터 다시 멍울멍울한 알이 지면서 뿌옇고 찐득한 군물이 돌았다. 그리고 이번은 두 어깨에까지 머틀머틀한 것이 눌러보면 아렸다.

김 좌수 내외는 낯빛이 좋지 못하였다. 금년 스물셋 되는 며느리(만득이의 아내)도 말하지는 않으나 매일 상을 찡그리고 지내었다. 만득이는 글방에도 가지 않았다. 낯이 해쓱한 것이 목을 한쪽으로 끼웃하고 늘 늙은 어미 궁둥이에서 떨어지지 않고 엿과 떡으로 날을 보내었다. 밤이면 아버지 곁에서 자고 젊은 아내는 뒷방을 홀로 지켰다. 만득이는 장가가서 삼 년 동안은 아내와 잤으나 병이 심하면서부터는 그 아버지 김 좌수가 각 자리를 시켰다. 그러나 만득이는 어떤 때면 남 자는 밤에 슬그머니 아내 방에 갔다가는 바지춤을 움켜쥐고 와서 몰래 아버지 곁에 누웠다. 그가 열두 살 나서 장가들 제 지금 스물셋 되는 아내가 열아홉 살이었다. 그것도 김 좌수가 권력으로 뺏어오다시피 삼은 며느리였다. 만득이는 장가든 첫날밤에 오줌을 싸고 울었다.

"과년한 처녀 색시가 못 견디게 군 게지?"

만득이가 울었단 말을 듣고 이웃에 말 좋아하는 사람들은 서로 수군거렸다. 그 말이 색시 귀에 들어갔는지 색시는 한참 동안 밖에 못 나왔다. 그러다가 어느 때에는 뒤 우물가 대추나무에 목까지 맨 일이 있었다.

"어린 게(만득) 무스거 알겠소! 색시는 이것저것 다 알 텐데 아매 잘 ○○○ 못 하니 죽고자 한 게지!"

색시가 목매었다는 소문이 나자 이웃 사람들은 또 수군거렸다.

그러다가 작년 봄— 만득이가 열다섯 나서부터 각 자리를 하게 되었다. 각 자리를 한 뒤 일곱 달 만에 색시는 몸을 풀었는데 딸이었다. 그 딸은 난 지 첫 이레가 겨우 지나서 죽어버렸다. 어떤 때 뒷방에서 소리 없이 우는 만득 아내의 꼴이 시어머니와 주인 영감 눈에 띄었다.

'사내가 그리운가? 사내 병이 걱정되는가?'

시어미 시아비는 며느리의 울음에 의심을 품었다. 그러나 나날이 심하여가는 만득의 병에 모든 정신이 쏠려서 그 밖의 것은 돌아볼 여지가 없었다.

오늘도 아침부터 만득의 병을 생각하고 뜰에서 거닐던 김좌수는 아무 데도 나가지 않고 저녁 뒤에는 방에 드러누웠다. 그는 담배를 피우면서 빤한 기름불을 보았다.

"여보 노댁(마누라)이 거기 있소?"

드러누웠던 김 좌수는 벌떡 일어앉아 재떨이에 대를 엎어 꾹 누르면서 불렀다.

"네에."

방 사잇문이 열리면서 낯이 불그레한, 아직 사십이 될락말락한 주인마누라가 들어왔다.

"만득이는 어디메 있소?"

좌수는 마누라를 힐끗 보았다.

"저 정제(부엌방) 있음메!"

마누라는 입으로 부엌방 쪽을 가리켰다. 머리가 희끗희끗한 영감과 아직 입살이 붉은 마누라가 마주 앉은 사이는 따뜻한 기운이 없이 쓸쓸하였다.

"자아, 병을 어떻게 하문 좋겠소!"

"글쎄 낸들 암메? 쩟(혀를 차면서) 죽어두 어서 죽고 살아두 살구!"

마누라는 너무도 지질하다는 어조였다. 김 좌수는 물었던 대를 뽑고 이마를 찡그렸다.

"또 방정 떤다. 죽다니?"

"에구! 해해 낸들 죽기를 소원하겠소? 너무도 시진하니 나온 소리지비."

마누라 소리는 좀 화순하였다.

"그러지 말고 어떻게든지 곤체야 안 쓰겠소?"

영감의 소리도 의논 좋게 나왔다.

"글쎄, 뱀이게 물게두 그러니! 인저는 사람의 고……."

마누라는 말을 뚝 끊더니 누구를 꺼리는 듯이 좌우를 돌아보았다. 불빛이 흐릿한 방에는 연기가 휘돌아 열어놓은 문으로 흘러나간다.

"쉬, 조심하오! 조심해…… 아이 듣소?"

영감도 주의를 시키더니 마누라 곁에 다가앉으면서,

"사람의 고기나 멕여볼까?"

하고 입속말로 소곤거렸다.

"글쎄 그랬으믄 오즉 좋겠소마는 어디서 얻겠소?"

마누라 역시 나직한 소리였다. 영감은 머리를 숙이고 한참 주저거리더니 마누라 귀에다 입을 대고 수군수군하였다. 눈이 둥그레지던 마누라는 영감의 말이 끝나자,

"그눔이 들을까?"

하고 어색하게 물었다.

"잘 얼리면 안 듣구 말겠소? 제게두 좋지비."

영감은 자신 있게 말했다.

"좋기야 그렇게만 하면…… 만 하면이 아니라 꼭 해주지 무슨……"

마누라도 뱃심을 튀겼다.

"암, 해주구 말구!"

영감은 다시 담배를 담았다.

그 이튿날 저녁 편이었다. 김 좌수는 텃밭에서 밭을 파고 있는 삼돌이를 불러들였다. 삼돌이는 삽을 땅에 박아 놓고 아랫다리를 불신 걷은 채 마루 아래 와 섰다. 어느새 선동 아비도 왔다.

"응, 네 왔니? 저 뒤 구름물井에 가서 손발을 씻구 오나라!"

대를 물고 문턱에 비스듬히 기대앉은 김 좌수는 어린 아들이나 대한 듯이 다정스럽게 말하였다. 삼돌이는 무슨 일인지 어리둥절해서 섰다가 시키는 대로 우물에 손발을 씻고 왔다.

"응, 시쳤니? 들어오나라."

주인 영감의 명대로 방으로 들어갔다. 모든 사람은 부드러운 표정을 지었고 주인 영감은 화순하게 말하는 것을 보니 삼돌이는 기꺼우면서도 공연히 가슴이 두근두근하였다. 그는 한 무릎을 깔고 한 무릎을 세우고 공손히 앉았다.

"얼매나 팠소?"

선동 아비는 빙그레 웃으면서 삼돌이를 보았다.

"얼마 못 팠음메—. 낼 아츰꺼지나 파야 다 파겠소."

머리를 감히 못 드는 삼돌이는 조심스럽게 대답하였다.

"낼 아츰꺼지 파구 말구. 그게 그래 봬두 네 짐(4백 평)이라 그렇게 갈걸."

트릿한 하늘을 쳐다보던 김 좌수는 동정을 하였다. 삼돌이는 기꺼웠다. 이 집에 들온 뒤로 일이면 일마다 잘했다 소리를 못 들었더니 오늘은 자기 일을 옳다고 한다. 어째 주인 영감의 태도가 그리 쉽게 변하는가 생각하니 안갯속을 들여다보는 듯이 의심스럽고 어리둥절하였다.

"그런데 삼돌이두 이저는 서방(장가)가야 하지, 흥!"

주인 영감은 삼돌이를 흘끗 보면서 싱긋 웃었다. 삼돌이도 빙긋 웃었다. 언젠가 일만 잘하면 장가도 보낸다던 주인의 말도 희미하게 그의 머릿속에 떠올랐다.

"어떠오? 서방갈 생각이 없소?"

옆에 앉았던 선동 아비도 한몫 끼었다.

"모르겠소. 흥!"

삼돌이는 선동 아비의 시선을 피하여 낯을 돌리면서 또 웃었다. 그의 입은 아까부터 벙긋벙긋 웃음이 흐를 듯 흐를 듯하면서도 차마 내놓고 못 웃는 것이 완연히 보였다. 나이 삼십이 되도록 여편네 곁에도 못 앉아보았건마는 장가라고 하니 어째 마음이 들먹들먹 움직였다.

"모르기는 어째 몰라? 그 자식이! 너두 장개를 어서 가서 아들 딸 낳고 소나 먹이고 하문 조챙이 켓니?"

김 좌수는 빙그레 웃었다. 옆에 앉은 주인마누라와 선동 아비는 하하 웃었다. 그 웃음은 놀리는 것처럼 가볍게 흘렀다.

"어째 대답이 없는가? 서방 안 가겠는가?"

주인마누라는 웃음을 그치고 물었다.

"제 팔재 무슨 장가를 다 가겠음메."

삼돌이는 그저 벙긋거리면서도 모든 것은 단념이라는

듯도 하고 또는 한줄기 희망이나마 붙이는 듯이 말하였다.

"그눔아 별소리를 다 한다. 어디 장개가지 말래는 팔재를 걸머지고 나온 눔이 있다더냐? 내 말만 잘 들으려므나. 그러문야 장개만 가? 쇠두 있구 밭두 있구 무시긴들 없으리!"

주인 영감은 담배를 피면서 삼돌이를 마주 앉았다.

"어떠냐, 네 생각에? 너두 생각해봐라. 이저는 고만하면 아들은 둘째로 손자 볼 땐데 하하하. 내 하는 말을 듣겠니? 그러문 장개두 보내구 또 쇠, 밭꺼지 줄께! 홍."

주인 영감은 농 비슷하면서도 정색을 하고 물었다.

"무슨 말씀이오?"

"응, 그래 무슨 말이든지 할께 꼭 듣지?"

주인 영감은 다짐을 두라는 듯이 말했다. 삼돌이는 대답이 없었다.

"응, 너더러 거저 들으라는 말은 아니다. 이봐라, 말을 들으문 장개가구 집 한 채, 쇠 한 필이, 밭 닷새 갈이를 당

그믐밤

장에 주마! 그만하면 네 한 뉘는 염려 없을 게구! 또 너두 늘 이러구 있어서야 쓰겠니!"

처음은 웃음에 장난으로 믿지 않았으나 점점 무르녹아가는 주인의 타령에 삼돌의 마음은 솔깃하였다. 간간이 그의 머리를 치던 조그마한 집, 세간살이— 그것이 금방 눈앞에서 실현이나 될 것같이 기쁘기도 하였다. 이런 생각과 같이 낯모를 여자의 낯, 당금하고 깨끗한 작은 집, 듬직한 황소— 이런 그림자가 눈앞에 어른거려서 그는 스스로도 억제치 못할 웃음을 벙긋하였다.

"무스게요?"

"글쎄 꼭 듣지?"

"네!"

"오— 그러믄 내 말하마!"

"그래 이 말은 꼭 들어야 한다. 그리구 아무개 하구두 말을 말아야 한다."

주인 영감은 다지고 다지었다. 삼돌이는 그저 간단하게,

"네!"

하였다. 그의 낯에는 숨기려야 숨길 수 없는 기쁨이 흐르는 속에 두 눈은 의심의 빛이 돌았다.

"삼돌아! 너두 알지만 내가 늦게야 얻은 저것을 살려야 안 쓰겠니?"

"좌쉬님이야 더하실 말씀입니까."

처음에는 알 수 없는 무거운 기운에 입이 떨어지지 않던 삼돌이는 말문이 순스럽게 터졌다.

"그런데 이거 봐라. 네래야 살리겠으니 네가 이 말은 꼭 들어주어야 하겠다."

어제까지 삼돌의 앞에서 땅땅 으르던 김 좌수는 의연히 하대의 말은 하나 그 소리와 태도가 애원스럽게 들렸다. 그 소리와 태도를 보고 들을 때 삼돌이는 무어라 할 수 없는 감격한 감정에, 눈에 눈물이 핑 돌았다. 자기 일생을 통하여 이 찰나와 같은 다정스럽고 사랑스런 기분에 싸여본 적이 없었다. 그는 그로도 무어라 표현할 수는 없으나 그저 온몸이 부드러운 솜에 싸인 것도 같고 마음이 간질간질하여 큰 시쁜 소식을 들을 것 같기도 하면서 두근거리기도 하였다. 그리고 공연히 눈물이 돌았다.

"내게 무슨 심이 있겠음메마는 거저 제 심만 자란다문사……."

말끝을 맺지 못하는 삼돌의 소리는 떨렸다. 그것이 서두가 없고 조리가 없으나 그 말하는 그의 낯에는 '어떠한 괴롬이든지 만득의 병을 위한다면 받겠습니다' 하는 표정이 불그레 올랐다. 그 태도, 그 소리에 방 안의 공기까지 스르르 알 수 없는 기분에 움직거리는 듯 김 좌수 내외, 선동 아비까지 부드럽고 따스한 애수에 잠기는 듯이 한참 말이 없었다.

희미하게 틘 서천 구름 사이로 굵은 햇발이 먼 들에 흘렀다. 훈훈하고 축축한 바람이 풀향을 싣고 방으로 불어들었다.

"으음! 그런데 이거 봐라, 네가 조금 아픈 대로 견디면 만득의 병두 낫고 또 너두 장가보내고 쇠 한 필이와 밭을 줄 테니……."

한참 만에 입을 연 김 좌수는 말 뒤를 끌었다.

"무슨 일이오?"

삼돌이는 그저 머리를 숙이고 물었다.

"응! 이거 봐라."

김 좌수는 역시 말하기 어려운 듯이 주저주저하다가 다시 에헴 가래를 떼고 삼돌의 앞에 다가앉아 수굿하고 삼돌이를 보면서,

"이거 봐라. 너도 들었는지, 자 병에 뱀이 약이라구 해서 너두 숱한 고생을 했구나! 한데 그눔으 게 어디 낫더냐? 그런데 이번에는…… 이거는 꼭 다르(낫는)단다…… 저…… 사…… 사람으 괴기를 먹이면 낫는다니 어디서 얻겠니…… 참 너루 말해두 이 저는…… 벌써."

하더니 손가락을 폈다 꼽았다 하다가,

"삼 년이나 우리 집에 있으니 그저 참 우리 식구나 다름에 없는 처지요 또 우리도 아들 겸 여기던 판이니 말이지마는…… 야…… 아픈 대로 네 목 괴기를 조금만 떼자…… 응."

김 좌수는 말이 끝나자 숨이 찬 듯이 한숨을 휴 쉬었다.

"이 사람, 자네 동생을 살리는 셈 대고 한 번 들어주게 제발…… 응…… 자네게 우리 아이 목숨이 달렸네."

주인마누라가 애원스럽게 뒤를 이었다. 삼돌이는 대답이 없었다. 그는 목 괴기 할 때 가슴이 꿈틀하고 울렁울렁하였다.

"네 어떠오, 뭐 크게 뗄 것도 없고 요만하게(자기 목을 엄지와 검지로 쥐어 잡아당기면서) 거저 골패짝만 하게 떼겠으니……."

선동 아비도 말하였다. 세 사람의 시선은 다 같이 무엇을 바라는 듯이 흐릿하게 삼돌의 수그린 머리에 떨어졌다.

"아파서 어떻게……."

삼돌이는 쥐구멍에나 들어갈 듯이 울듯 울듯 한 마디 응했다.

"하하, 야 이 사람아, 그양 선뜩할 뿐이지 그게 무슨 그리 아프단 말인가? 조금 도려내고 이내(금방) 약을 척 붙이면 그까짓 거 뭐 담박 낫을걸."

김 좌수는 호기롭게 말하였다.

"그래두 아파서."

삼돌이는 금방 잘리는 듯이 상을 찡그리고 목을 어루만졌다.

"이거 봐라, 그러기만 하면 네가 우리 집에 진 돈두 그만 탕감해버리구, 그리구 너를 서방두 보내구 또 밭과 쇠두 준단 말이다. 내 이제 이렇게 늙은 게 네게 거짓말을 하겠니?"

'우리 집에 진 돈'이라는 것은 전달 장마 때 삼돌이가 소를 갯가에 맸는데 그만 소가 물에 빠져 죽었다. 주인 영감은 삼돌이가 잘못 매서 죽었다 하고 그 솟값을 일백오십 냥이라 하여 삼돌이에게서 표를 받았다. 삼돌의 한 해 삯은 오십 냥이었다.

"……."

"어째 대답이 없니? 만일 정 슳흐면 그만둘 일이다마는 쇠값을 내놓고 낼이라도 나가거라."

영감은 배를 튀겼다.

"아따 영감두, 삼돌이가 어련히 들을라구!"

마누라는 고삐를 늦추었다. 삼돌이는 그저 대답이 없었다. 그에게는 장가, 소, 밭, 집, 그것보다도 쇠값— 이것을 없애버린다는 것에 마음이 씌었다. 이때까지 자나 깨나 그 돈 일백오십 냥이 가슴에 체증처럼 걸렸더니 깜박 잊은 이 순간에 또 그것이 신경을 흔들었다. 그만 얼른 모가지 고기를 디밀고라도 그것을 벗고 싶었다. 그 돈을 벗어 장가들어 소 한 필이, 밭, 집 한 채…… 뒤따라 이러한 생각과 환영이 그의 눈앞에 어른어른하였다. 그는 기뻤다. 바로 그런 데나 지금 들앉고 있는 듯하였다.

그러나 다시 모가지 고기를 생각하면 마음이 꺼림하여졌다. 대답이 쉽게 나오지 않았다. 그러나 빚, 장가, 밭, 소, 집이란 이상한 큰 힘에 끌리지 않을 수 없었다.

"그러문 어떻게……."

그는 겨우 말 번지는 어린애처럼 머리 숙인 채 말했다.

"흥, 그래…… 그저 삼돌이야!"

주인은 능쳤다.

"그러믄 저 방으로 들어가지?"

선동 아비는 일어서서 윗방 문을 열었다.

"노댁이는 여기서 뉘기 들어 못 오게 하오! 어서 저 방으로 들어가자."

김 좌수는 벼룻집 서랍에서 헝겊으로 뚤뚤 감은 것을 집어내들더니 삼돌이를 재촉하였다. 주인 영감의 손에 기름한 것(헝겊에 감은 것)을 볼 때 삼돌이는 정신이 아찔하였다. 그것은 상투 밑 치는 칼이었다. 삼돌이도 그것으로 머리 밑을 쳤다. 그의 가슴은 울렁울렁 걷잡을 수 없고 몸이 우르르 떨렸다. 이가 덜덜 쫓겼다. 차마 일어서지지 않았다.

"야, 빨리 가자! 맞을 매는 얼른 맞아야 시원하니라!"

주인 영감은 순탄하게 재촉하였다. 삼돌이는 일어섰다. 머리까지 울렁거리고 다리는 마비된 듯이 뻣뻣하였다. 그는 뿌리칠까, 들어갈까 하면서 끌렸다.

세 사람은 앉았다. 삼돌이는 뉘였다. 주인 영감은 선동 아비를 보고 눈짓을 하였다. 선동 아비는 삼돌의 머리를 잡았다. 굵고 억센 주인 영감의 엄지와 검지에 삼돌의 목 고기는 잡혀서 죽 늘어났다. 삼돌이는 온 신경이 송그러들었다. 더구나 주인 영감의 손에 잡힌 서릿발 나는 **뼘** 남짓한 칼을 볼 때 그는 무의식적으로 소리를 쳤다.

"에구 에구 에구!"

그에게는 아무것도 없었다. 빚, 장가, 밭, 집— 다 그의 기억에서 사라졌다. 다만 고기, 피, 칼, 죽음, 이것만이 그의 모든 정신을 지배하였다.

"쉬— 이게 무슨 소리냐? 소리를 내지 마라!"

주인 영감은 목에 댄 칼 잡은 손을 멈추면서 삼돌에게 주의시켰다. 삼돌이는 소리를 그쳤다. 영감의 칼 잡은 손은 목에 가까웠다. 칼이 닿았다. 목이 선뜩하였다.

"에구…… 싫소!"

삼돌이는 장에 갇힌 개처럼 낑낑 울면서 몸을 일으키려고 하였다. 주인 영감은 손을 펴서 삼돌의 목을 누르면서 번쩍 일어나 삼돌의 가슴을 깔았다.

"머리를 꼭 붙들어라!"

주인 영감은 선동 아비에게 주의를 시키면서 또 칼을 목에 댔다.

"에구! 으윽."

목을 눌러서 끽끽하던 삼돌이는 몸을 모로 뒤치면서 머리를 들었다. 주인 영감은 급한 김에 두 손으로 목을 눌렀다. 오르는 힘, 내리는 힘! 두 힘 속에 든 서릿발은 잘못 삼돌의 목에 칵 박혔다. 윽 소리와 같이 삼돌의 목에서 시뻘건 뜨거운 피가 물 뿜는 듯이 솟아올랐다. 주인 영감은 눈이 둥그레서 칼을 뽑아버리고 삼돌의 목을 두 손으로 움켜잡았다. 피는 여전히 흘렀다. 삼돌이가 배를 뿔구고 숨을 들이쉴 때면 흐르던 피가 그르르 끓어들다가도 으응윽— 하고 숨을 내쉬게 되면 걸고 뜨거운 선지피가 김 좌수의 손가락 사이와 손바닥 밑으로 쭈루룩 쏴— 솟았다. 세 사람은 다 피투성이가 되었다. 누릿한 삿자리에 줄줄이 흐르는 피는 구름발같이 피기도 하고 샘같이 흐르기도 하였다.

"야, 장— 가제오나라, 장!"

어쩔 줄 모르고 섰던 선동 아비는 아랫방으로 뛰어갔다. 이슥하여 선동 아비와 주인마누라가 들어왔다. 주인마누라는,

"어마!"

하더니 그냥 푹 주저앉아서 부들부들 떨었다. 선동 아비는 장을 삼돌의 목에 철썩 붙였다.

때는 흐른다. 초초 분분이 숨을 빼앗긴 목숨은 흐르는 때와 같이 시들었다. 장을 붙였을 때는 삼돌의 억센 사지에 기운이 빠지고 두 눈은 무엇을 노리는 듯이 뜨고 못 감을 때였다. 끓어들었다 쏟아 나오던 그 뜨거운 피도 이제는 김 없이 줄줄 흘러 엉키었다. 피투성이 된 김 좌수 형제와 주저앉은 마누라는 그저 멍하니 식어가는 삼돌의 몸에 눈을 던졌다. 방 안은 점점 충충하였다. 우중충한 하늘이 저녁 뒤부터 비를 뿌렸다. 몹시 뿌렸다.

쏴— 우— 바람 소리 빗소리가 어우러져서 먼 바닷소

리 같았다. 기왓골로 흘러 주루룩주루룩 내리는 낙숫물 소리는 샘 여울 소리처럼 급하였다. 삼경이 넘어서였다. 김 좌수 집 윗방에서 장정 둘이 밖으로 나왔다. 베 고의 적삼에 수건으로 머리를 동이고 앞서서 마루에 나서는 것은 뚱뚱한 김 좌수다. 뒤따라 역시 단출하게 차리고 발 벗고 등에 기름하고 큼직한 것을 검은 보에 싸지고 나서는 것은 선동 아비였다. 두 사람은 방으로 흘러나오는 불빛까지 거리낀다는 듯이 비쓱 문을 피하여 어둠 속에 섰다.

"에구 어드메루 감메!"

나중에 어청 나온 마누라는 어둠 속을 향하여 수군거렸다.

"쉬, 아무 데루 가든지 어서 문을 닫소!"

역시 입속말로 하면서 뚱뚱한 그림자부터 마루 아래 내려섰다.

"아즈마니, 들어가오, 저 앞갠川으로 감메!"

큼직한 것을 짊어진 그림자가 뒤따라 내려가면서 수군

거렸다.

두 그림자는 마루 아래서 어른거리더니 침침한 어둠 속 시끄러운 빗속에 자취와 몸을 감추었다. 쏴— 내리는 비는 그저 이따금 바람에 우— 불려서 마루에까지 뿌렸다.

두 사람이 빠져나간 뒤 창문만 불빛에 훤한 커다란 검불이 비바람 속에 잠겨서 가만히 놓인 것은 무슨 큰 비밀을 감춘 듯도 하고 무슨 큰 설움을 말하는 듯도 하였다.

6

삼돌의 그림자가 김 좌수 집에서 사라지던 날부터 김 좌수 집에 드나드는 것이 있었다. 이것을 보는 사람은 김 좌수뿐이었다. 그 마누라와 선동 아비도 희미하게 느끼나 김 좌수처럼은 느끼고 보지 못하였다. 그것은 어두운 밤, 고요한 밤, 깊은 밤, 비 오는 밤이면 어둑한 구석에서 슬그니 나타났다. 낮에도 언듯언듯 김 좌수 눈에 띄었다.

조그마한 일에도 호령을 서릿발같이 내리는 김 좌수의 위엄으로도 그것은 쫓아낼 수 없었다. 쫓아내기는 고사하고 그것이 뭉깃이 보이면 그는 간담이 써늘하여지고 머리끝이 쭈뼛하였다. 날이 점점 지날수록 그것의 출입은 더 잦았다. 어떤 때는 밖으로부터 들어오기도 하고 어떤 때는 윗방으로부터 나타났다. 그것이 드나들게 된 뒤로부터 김 좌수는 날만 저물면 뒷간이나 헛간으로 나가기를 싫어하였다. 윗방으로는 더욱 드나들기를 꺼렸다.

 김 좌수의 마누라도 말치는 않으나 낮에도 우중충 흐리고 비나 줄줄 내리면 헛간이나 윗방으로 드나들기를 꺼리는 눈치였다. 따라서 만득이와 그 며느리까지도 공연히 무시무시한 기분에 싸인 듯싶었다. 아직 초가을이건만 김 좌수 집에는 늦은 가을처럼 쓸쓸한 기운이 스스로 돌았다.

 그래서 김 좌수는 농군을 어서 두려고 구하였으나 아직 얻지 못하였다. 그리고 사랑방에 바둑 장기를 갖다 놓고 밤이면 이웃집 젊은이 늙은이들을 청하였다.

"어쩐지 그 집으루 가기 싫네!"

"글쎄 무슨 귀신이 있는 것처럼 늘 무시무시해서."

"나는 삼돌이 달아난 뒤에는 못 가봤소."

이웃에서는 이렇게 수군수군하였다. 그런 소리가 여편네들 입으로 김 좌수에게도 전하였다. 이런 말을 들을 적마다 김 좌수는,

"별놈들 별소리를 다 한다. 어느 놈이 그래, 응 어느 놈이? 귀신 무슨 귀신 있단 말인구?"

하고 혼자 푸닥거리를 놓았다. 그러나 그 말대꾸 하는 사람은 없었다. 김 좌수의 마누라가 일전에 몸살로 드러누웠을 때 어떤 무당이 와서 점을 치고 원귀가 있다고 한 뒤로는 김 좌수의 마음도 더욱 무거워졌거니와 이웃에서도,

"오오, 그래서 만득이가 앓는 게로군. 그래서야 뱀이 아니라 불로촌들 소용 있겠소?"

하고 수군거렸다. 그럴수록 사람의 자취는 더욱 끊어질 뿐이었다.

이렇게 될수록 김 좌수의 이맛살은 나날이 심하였다.

불그레하던 낯빛은 한 달이 못 되어 푸르고 희며 축 처지다시피 살쪘던 두 뺨은 빠졌다. 늘 무엇을 멍하니 보고 있는 그의 가느스름한 눈에는 겁과 두려운 빛이 흘렀다. 그는 매일 술로 벗을 삼았다. 그것도 처음에는 벗은 되었으나 지금은 소용없었다.

오늘도 술을 그리 기울였건만 점점 정신만 났다. 그 거무스름한 그림자만 눈에 아른하면 그리 취하였던 술도 번쩍 깼다. 퇴침을 베고 누웠던 그는 슬그머니 일어나 앉아서 담배를 대에 담았다. 그는 벽에 걸어놓은 환한 등불에 껌벅껌벅 담배를 붙이더니 문을 탁 열고 가래를 칵 뱉었다.

서늘한 바람은 방으로 수우 흘러들었다. 별이 총총한 하늘은 퍼렇게 높게 개었다. 뜰이며 울타리며 먼 산날이 맑은 밤빛 속에 윤곽이 보였다.

김 좌수의 마음은 점점 무거워졌다. 따라 뒤숭숭한 것이 또 안절부절못하게 되었다. 어둑한 뜰 저편 헛간 침침한 어둠 속으로 목을 쭉 늘이고 뭉깃한 것이 어청어청 나왔다. 그는 눈을 돌렸다. 불빛이 그물그물 비추인 윗방 문이 번쩍 열리면서 시뻘건 피 뭉치가 나왔다. 그는 애써 모든 것을 보지 않으려고 눈을 감았다. 뜨면서 시선을 마루로 옮겼다. 시커먼 그림자가 그의 앞에 섰다. 그는 가슴에서 연덩어리가 쿡 내렸다. 그것은 퇴기둥 그림자였다. 모두 착각이었다.

그는 이를 악물고 주먹을 부르쥐었다. 용기를 가다듬었다. 담배를 퍽퍽 빨면서 뜰에 내려서서 어둑한 곳마다 자세자세 들여다보았다. 아무것도 없었다. 없으리라 믿기도 하였다. 그러면서도 무에 있는 듯하고 알 수 없는 커다란 손이 뒤로 슬금슬금 와서 모가지를 잡는 듯이 뒤를 돌아보지 않을 수 없었다. 돌렸던 머리를 다시 돌이킬 때가 더 괴롭고 무서웠다. 그는 무엇이 쫓는 듯이 얼른 방으로 들어왔다.

"노댁이, 자쟌이캤소?"

그는 부엌방을 향하여 떨리는 소리를 진정해 소리쳤다.

"네, 자지비."

하는 소리가 나서 한참 만에 사잇문이 열리면서 마누라가 씩씩 자는 만득이를 깰깰 안고 들어왔다.

"영감이 야를 안고 여기서 자오. 나는 며느리 혼자 자기 무섭다니 같이 자겠소!"

하고 마누라는 부엌방으로 나가버렸다. 마누라가 나간 뒤에 김 좌수는 손수 자리를 펴고 만득이를 뉘었다. 다음 그는 벽에 걸어놓은 기다란 환도를 끄집어 내려서 머리맡에 놓았다. 이것은 대대로 전해오는 환도였다. 몸이 몹시 아프거나 꿈자리가 뒤숭숭한 때면 이것을 머리맡에나 베개 밑에 넣고 잔다. 그러면 잡귀가 들지 못하여 꿈자리도 뒤숭숭치 않고 몸살 같은 것도 물러간다고 믿는 까닭이었다. 요새 그놈의 이상야릇한 그림자가 꿈에까지 김 좌수를 못 견디게 굴어서 이 환도를 머리맡에 놓게 되었다. 그리고 그의 눈앞에 그 그림자가 보이면 환도로 그것을 치기도 하였다. 그러나 늘 그림자는 맞지 않고 방바닥이나 문턱이 맞았다. 모든 준비가 끝나자 김 좌수는 불을 끄고 만득의 곁에 누웠다.

무거운 어둠이 흐르는 방에 창문만이 밝은 밤빛에 희스름하였다. 사면은 괴괴한데 이따금 바람이 지나는 소린가? 마당에서 부시럭 소리가 들렸다. 김 좌수에게는 그것도 저벅저벅 하는 자취 소리 같았다. 그는 눈을 애써 감으나 자꾸 윗방 문을 향하여 뜨여졌다. 그는 또 눈을 감았다. 자리라 하였다. 눈살이 꼿꼿하고 번열이 났다. 그는 두 발을 이불 밖으로 내밀면서 눈을 떴다. 커다란 흰 그림자가 그의 눈앞에 섰다. 그는 가슴이 뜨끔하였다. 번쩍 일어앉았다. 그림자는 점점 확실히 보였다. 그것은 횃대에 걸친 두루마기였다. 그는 가슴에 손을 대면서 다시 누웠다.

돌아누웠다가는 번듯이 눕고 번듯이 누웠다가는 돌아눕고 눈을 감았다가는 뜨고 떴다가는 감고 이불을 차 밀었다가는 도로 덮고 덮었다가는 활짝 차 밀고 하여 신고하던 끝에 김 좌수는 느른하여 비몽사몽간에 들었다. 고요히 누웠던 그는 귓가에 들리는 소리에 머리를 번쩍 들었다.

방 안은 훤하였다. 윗방 문고리가 찔렁 빠지면서 문이 쩡 열렸다. 침침한 윗방으로부터 아랫방으로 넘어서는 그림자가 보였다. 김 좌수는 자기도 모르게 번쩍 일어앉았다.

 그림자는 꺼먼 베 고의적삼을 입었다. 다리는 불신 걷었다. 푸른 힘줄이 툭툭 삐진 다리! 솥뚜껑 같은 손! 터부룩한 머리는 산산이 흐트러졌다. 꺼멓고 쭉 빠진 낯은 피칠 되었다. 목으로는 검붉은 선지피가 콸콸 흘러서 꺼먼 고의적삼을 물들였다. 전신이 피었다. 피사람이었다. 두 눈은 독살이 잔뜩 오르고 이는 꼭 악물었다. 그것은 김 좌수 앞에 다가섰다. 악문 잇샅과 목으로 푸우 뿜는 피는 김 좌수에게 튀어왔다. 모든 것은 너무도 명하게 김 좌수에게 보였다.

 "악! 삼돌이놈."

 김 좌수는 한 마디 소리를 쳤다. 그는 알 수 없는 굳센 힘에 지배되어 머리맡 환도를 집어 들었다.

 "이놈!"

번쩍이는 빛은 벽력같은 소리와 같이 그 피사람을 향하여 내리쳤다. 일어앉은 채 전신의 힘을 다하여 칼을 내리운 김 좌수는 그저 그대로 앉았다.
　"영감— 영감이 소리를 침메?"
　저편 방에서 자던 마누라 소리가 울려왔다. 그러나 김 좌수에게는 그것이 들리지 않았다. 사잇문이 열리면서 빤한 기름등이 마누라 손에 들려서 들어왔다.
　마누라는 등을 한 손에 들고 선잠 깬 눈을 비비면서 영감을 보았다. 영감은 입술을 깨물고 부릅뜬 눈으로 주먹을 내려다보고 있다. 힘있게 버틴 팔 아래 억세게 부르쥔 주먹에는 환도 자루가 꽉 잡혔다. 환도가 내려친 곳에는 그가 사랑하던 아들 '만득'의 몸이 모가지로부터 가슴으로 어슷하게 두 조각이 났다. 흐르는 피는 요바닥을 흠씬 적셨다. 흐릿한 방 안에는 비린내가 흘렀다.
　"에엑!"
　얼른하자 편한 불빛에 노렸다가 풀리던 영감의 눈은 다시 둥그레지더니 피를 칵 토하면서 앞으로 쓰러졌다. 그것

을 이리저리 들여다보던 마누라도,

"으윽!"

하고 쓰러졌다. 그 바람에 기름등은 방바닥에 떨어져서 꺼졌다. 좀 있다가 별이 총총한 푸른 하늘 아래 어둠 속에 고래등같이 뜬 김 좌수의 집으로 여자의 처량한 곡소리가 흘러나왔다. 초가을 깊은 밤, 고요하고 휑한 집으로 울려나오는 곡소리는 어둠 속에 높이 떠서 온 동리에 흘렀다.

4.

박돌의 죽음

1

밤은 자정이 훨씬 넘었다.

이웃의 닭소리는 검푸른 새벽빛 속에 맑게 흐른다. 높고 푸른하늘에 야광주夜光珠를 뿌려놓은 듯이 반짝이는 별들은 고요한 대지를 향하여 무슨 묵시默示를 주고 있다. 나뭇잎에서는 이슬 듣는 소리가 고요하다. 여름밤이건만 새벽녘이 되니 부드럽고도 쌀쌀한 기운이 추근하게 만상萬象을 소리 없이 싸고돈다.

남자인지 여자인지, 어둠 속에 잘 분간할 수 없는 히슥한 그림자가 동계사무소洞契事務所 앞 좁은 골목으로 허둥허둥 뛰어나온다. 고요한 새벽이슬에 추근한 땅을 울리면서 나오는 발자취는 퍽 산란하다. 쿵쿵 하는 음향은 여러 집 울타리를 넘고 지붕을 건너서 어둠 속으로 규칙 없이 퍼져나갔다.

어느 집 개가 몹시 짖는다. 또 다른 집 개도 컹컹 짖는다. 캥캥한 발바리 소리도 난다.

뛰어나오는 그림자는 정직상점正直商店 뒷골목으로 휙 돌아서 내려간다. 쿵쿵쿵…….

서너 집 내려와서 어둠 속에 잿빛같이 보이는 커다란 대문 앞에 딱 섰다. 헐떡이는 숨소리는 고요한 공기를 미미히 울린다. 그 그림자는 대문에 탁 실린다. 빗장과 대문이 맞쩍혀서 삐걱 하고는 열리지 않았다.

"문으 좀 벗겨주오!"

무엇에 쫓긴 듯이 황겁한 소리는 대문 안마당의 어둠을 뚫고 저편 푸른 하늘 아래 용마루선이 죽 그인 기와집에 부딪혔다.

"문으 좀 열어주오!"

이번에는 대문을 두드리고 밀면서 고함을 친다. 소리는 퍽 황겁하나 가늘고 쟁쟁한 것이 여자다 하는 것을 직각케 한다.

"에구 어찌겠는구? 이 집에서 자음메? 문으 빨리 벗겨주오!"

절망한 듯이 애처로운 소리를 치면서 문을 쿵쿵 치다가는 삐걱삐걱 밀기도 하고, 땅에다가 배를 붙이고 대문 밑으로 기어들어가려고도 애를 쓴다. 대문 울리는 소리는 주위의 공기를 흔들었다.

이웃집 개들은 그저 몹시 짖는다.

닭은 홰를 치고 꼬끼요— 한다.

"그게 뉘기요?"

안에서 선잠 깬 여편네 소리가 들린다.

"에구 깼구먼!"

엎드려서 배밀이하던 여인은 벌떡 일어나면서,

"내요, 문으 좀 벗겨주오!"

한다. 그 소리는 아까보다 좀 나직하다.

"내라는 게 뉘기요? 어째 왔소?"

안에서는 문을 벌컥 열었다. 열린 문이 벽에 부딪히는 소리가 탁 하고 울타리에 반향하였다.

"초시 있소? 급한 병이 있어 그럽메."

컴컴하던 집 안에 성냥 불빛이 가물가물하다가 힘없이 스러지는 것이 대문 틈으로 보였다. 다시 성냥 불빛이 번득하더니 당그랑 잴랑 하는 램프 유리의 부딪치는 소리와 같이 환한 불빛이 문으로 흘러나와 검은 땅을 스쳐 대문에 비치었다. "에헴" 하는 사내의 기침 소리가 들렸다. 칙칙거리는 어린애 울음소리가 난다. 불빛이 번뜩하면서 문으로 여인이 선잠 깬 하품 소리를 "으앙"하며 맨발로 저벅저벅 나와서 대문 빗장을 뽑았다.

"뉘기요?"

들어오는 사람을 기웃이 본다.

"내요."

밖에 섰던 여인은 대문 안으로 들어섰다.

"나는 또 뉘기라구? 어째서 남자는 밤에 이 야단이

오?"

 안에서 나온 여인은 입을 씰룩하였다.

 "에구 박돌朴乭이 앓아서 그럽메! 초시 있소?"

 밖에서 들어온 여인은 떨리는 목소리로 아첨 비슷하게, 불빛에 오른쪽 볼이 붉은 주인 여편네를 건너다본다.

 "있기는 있소."

 주인 여편네는 휙 돌아서서 안으로 들어가더니,

 "저두에 파충댁이로구마! 의원이구 약국이구 걷어치우오! 잠두 못 자게 하구!"

 소리를 지른다. 캥캥한 소리는 몹시 쌀쌀하였다. 지금 온 여인은 툇마루 아래에 서서 머리를 숙였다 들면서 한숨을 휴―쉬었다.

 정주鼎廚에서 한참 동안이나 부시럭부시럭 하는 소리가 나더니 사잇문 소리가 덜컥 하면서 툇마루 놓인 방문 창에 불빛이 가득 찼다.

 "에헴, 들오!"

 다 쉬어빠진 호박통을 두드리는 듯한 사내의 소리가 들

린다. 밖에 섰던 여인은 툇마루에 올라섰다. 문을 열었다. 방에서 흘러나오는 불빛은 마루에 떨어졌다. 약 냄새는 코를 쿡 찌른다.

2

"하, 그거 안됐군. 그러나 나는 갈 수 없는데……."

몸집이 뚱뚱하고 얼굴에 기름이 번질번질한 의사(김 초시)는 창문 정면에 놓인 약장에 기대앉았다.

"에구 초시사, 그래 쓰겠소? 어서 가봐 주오."

문 앞에 황공스럽게 쭈그리고 앉은 여인의 사들사들한 낯에는 어색한 웃음이 떠올랐다.

"글쎄 웬만하문사 그럴 리 있겠소마는, 어제부터 아파서 출입이라군 못 하고 있소. 에헴, 에헴, 악……."

의사는 입에 물었던 담뱃대를 뽑아들더니 안 나오는 기침을 억지로 끄집어내어 가래를 타구에 뱉는다.

"그게(박돌) 애비 없이 불쌍히 자란 게 죽어서 쓰겠소? 거저 초시께 목숨이 달렸으니 살려주오."

의사는 땟국이 꾀죄한 여인을 힐끗 보더니,

"별말을 다 하오. 내 염라대왕이니 목숨을 쥐고 있겠소. 글쎄 하늘이 무너진대도 못 가겠소."

하며 담배 연기를 휙 내뿜고 이마를 찡기면서 천장을 쳐다본다. 흰 연기는 구름발같이 휘휘 돌아서 까맣게 그을은 약봉지를 데룽데룽 달아놓은 천장으로 기어올라서는 다시 죽 퍼져서 방 안에 찼다. 오줌 냄새, 약 냄새에 여지없는 방 안의 공기는 캐—한 연기와 어울려서 코가 저리도록 불쾌하였다.

"제발 살려줍시오, 네? 그 은혜는 뼈를 갈아서라도 갚아드리오리! 네? 어서 가봐 주오."

"글쎄 못 가겠는 거 어찌겠소? 이제 바람을 쏘이고 걷고 나면 죽게 앓겠으니, 남을 살리자다가 제 죽겠소."

"가기는 어디로 간단 말이오? 어제해르, 그래, 또 밤새 끈 알쿠서리."

의사의 말 뒤를 이어 정주에서 주인 여편네가 캥캥거린다.

여인은 머리를 푹 숙이고 앉았더니,

"그러문 약이라도 멧 첩 지어주오."

한다.

"약종이 부족해서 약을 못 짓는데."

의사는 몸을 비틀면서 유들유들한 목을 천천히 돌려서 약장을 슬그머니 돌아본다.

"약값 염려는 조금도 말고 좀 지어주오."

"아, 글쎄 약종이 없는 것을 어떻게 짓는단 말이오? 자, 이거보오!"

하더니 빈 약 서랍 하나를 뽑아서 땅바닥에 덜컥 놓는다.

"집에 돼지 새끼 하나 있으니 그거 모레 장에 팔아드릴게 좀 지어주오."

"하, 이 앞집 김 주사도 어제 약 지러 왔다가 못 지어갔소"

의사는 어이없다는 듯이 입을 벌린다.

"그래 못 지어주겠소?"

푹 꺼진 여인의 눈은 이상스럽게 의사의 낯을 쏘았다.

의사는,

"글쎄 어떻게 짓겠소?"

하면서 여인이 보내는 시선을 피하려는 듯이 미닫이 두껍집에 붙인 산수화를 본다.

"에구, 내 박돌이는 죽는구나! 한심한 세상두 있는게?"

여인의 소리는 애참하게 울음에 젖었다. 때가 지덕지덕한 뺨을 스쳐 흐르는 눈물은 누더기 같은 치마에 떨어졌다.

"에, 곤하군. 아—함, 어서 가보오."

의사는 하품과 기지개를 치면서 일어섰다. 여인은 눈물을 쑥쑥 씻더니 벌떡 일어섰다.

"너무 한심하구먼! 돈이 없다구 너무 업시비 보지 마오. 죽는 사람을 살려주문 어떠오? 혼자 잘사오."

여인의 눈에는 이상한 불빛이 섬뜩하였다. 그 목소리는 싹 에는 듯이 아츠럽게 들렸다. 의사는 가슴이 꿈틀하였다.

3

 여인은 갔다.
 한 집 건너 두 집 건너 닭 우는 소리가 요란하다. 이웃에서 개 짖는 소리도 들렸다.
 포플러 잎에서는 이슬 듣는 소리가 은은하다.
 "별게 다 와서 성화를 시키네!"
 여인이 간 뒤에 의사는 대문을 채우고 안으로 들어오면서 중얼거렸다.
 "그까짓 거렁뱅들께 약을 주구 언제 돈을 받겠소? 아예 주지마오."
 주인 여편네는 뾰로통해서 양양거린다.
 "흥, 그리게 뉘기 주나!"
 의사는 방문을 닫으면서 승리나 한 듯이 콧소리를 친

다.

"약만 주어보오? 그놈의 약장, 도끼로 바사놓게."

의사의 내외는 다시 불을 끄고 자리에 누웠으나 두루 뒤숭숭하여 졸음이 오지 않았다.

4

"에구, 제마(어머니)! 에구 배야!"

박돌이는 이를 갈고 두 손으로 배를 웅크려 잡으면서 몸을 비비 틀기도 하고 벌떡 일어앉았다가는 다시 눕고, 누웠다가는 엎드리고 하며 몸 거접할 곳을 모른다.

"에구, 내 죽겠소! 왝, 왝."

시큼하고 넌들넌들한 검푸른 액을 코와 입으로 토한다. 토할 때마다 그는 소름을 치고 가슴을 뜯는다. 뱃속에서는 꾸르르꿀 꾸르르꿀 하는 물소리가 쉬일 새 없다. 물소리가 몹시 나다가 좀 멎는다 할 때면 쐬— 뿌드득 뿌드득 쏴— 하고 설사를 한다. 마대 조각으로 되는대로 기워서 입은 누덕바지는 벌써 똥물에 죽이 되었다.

"에구, 어찌겠니? 이원 놈도 안 봐주니…… 글쎄 이게 무슨 갑작병인구?"

어머니는 토하는 박돌의 이마를 잡고 등을 친다.

"에구, 이거 어찌겠는구? 배 아프냐?"

어머니는 핏발이 울울한 박돌의 눈을 들여다보았다. 눈이 휘둥그레서 급한 호흡을 치는 박돌이는 턱 드러누우면서 머리만 끄덕인다. 어머니는 박돌의 배를 이리저리 누르면서,

"여기냐? 어디 여기는 아니 아프냐? 응, 여기두 아프냐?"

두서없이 거듭거듭 묻는다.

"골은 아니 아프냐? 골두 아프지?"

그는 빤한 기름불 속에 열이 끓어서 검붉게 보이는 박돌의 이마를 짚었다. 박돌이는 으흐 으흐 하면서 머리를 꼬드기려다가 또 왝 하면서 모로 누웠다. 입과 코에서는

넌들넌들한 건물이 울컥 주르륵 흘렀다.

"에구! 제마! 에구 내 죽겠소! 헤구!"

박돌이는 또 쏟는다. 그의 바지는 벗겼다. 꺼끌꺼끌한 거적자리 위에 누운 그의 배는 등에 착 달라붙었다. 그는 가슴을 치고 쥐어뜯고, 목을 늘였다 쪼그리면서 신음한다.

"니 죽겠구나, 응! 박돌아, 박돌아! 야, 정신을 차려라. 에구, 약 한 첩 못 써보고 마는구나! 침이래도 맞혀봤으면 좋겠구나!"

박돌이는 낯빛이 검푸르면서 도끼눈을 떴다. 목에서는 담 끓는 소리가 퍽 괴롭게 들렸다.

"에구, 뒷집 생원(서방님)은 어째 아니 오는지, 박돌아!"

박돌이는 눈을 떴다. 호흡은 급하고 높았다.

"제마! 주를 먹었으문!"

"줄으? 에구, 줄이 어디 있니?"

어머니는 한숨을 쉬면서 등불을 쳐다본다. 그 눈에는 눈물이 되었다.

"그러문 냉쉬를 좀 주오!"

"에구, 찬물을 자꾸 먹구 어찌겠니?"

"애고고고……."

박돌이는 외마디 소리를 치더니 도끼눈을 뜨면서 이를 빡 간다.

뒷집에 있는 젊은 주인이 나왔다. 어둑충충한 등불 속에서 무겁게 흐르는 께저분한 공기는 새로 들어온 사람에게 몰려들었다. 젊은 주인은 부엌에 선 대로 구들을 올려다보면서 이마를 찡그렸다.

찢기고 뚫어지고 흙투성이 된 거적자리 위에서 신음하는 박돌이 모자의 그림자는 혼탁한 공기와 빤한 불빛 속에 유령같이 보였다.

"어째 이원은 아니 보입메?"

젊은 주인은 책망 비슷하게 내뿜었다.

"김 초시더러 봐달라니 안 옵데. 돈 없는 사람이라구 봐주겠소? 약두 아니 져주던데!"

박돌 어미의 소리는 소박을 맞아 가는 젊은 여자의 한

탄같이 무엇을 저주하는 듯 떨렸다.

"뜸이나 떠보지비?"

"그래볼까? 어디를 어떻게 뜨믄 좋은지? 생원이 좀 떠주겠소? 떠주오. 쑥은 얻어올게."

"아, 그것두 뜰 줄 모릅네? 숫구녕에 쑥을 비벼놓고 불을 달믄되지! 그런 것두 모르구 어떻게 사오?"

"떠봤을세 알지, 내 어떻게 알겠소!"

박돌 어미는 어색한 웃음을 지으면서 젊은 주인을 쳐다보았다.

"체하잖았소?"

"글쎄 어쨌는둥?"

박돌 어미는 박돌이를 본다.

"어젯밤에 무스거 먹었소?"

"갱게(감자)를 삶아 먹구…… 그리구 너무두 먹구 싶어하기에 뒷집에서 버린 고등어 대가리를 삶아 먹구서는 먹은 게 없는데."

"응, 그게루군. 문 고등어 대가리를 먹으문 죽는대두!

그거는 무에라구 축축스럽게 주워먹소?"

젊은 주인은 입을 실룩하였다.

"에구, 그게(고등어) 그런가? 나는 몰랐지! 에구, 너무두 먹구 싶어서 먹었더니 그렇구마. 그래서 나도 골과 배가 아팠던 게로군! 그러나 나는 이내 게워버렸더니 일없구먼."

박돌 어미는 매를 든 노한 상전 앞에 선 어린 종같이 젊은 주인을 처다본다.

"우리 집에 쑥이 있으니 갖다 뜸이나 떠주오. 에익, 축축하게 썩은 고기 대가리를 먹다니?"

젊은 주인은 뒤도 안 돌아보고 나가버린다.

"에구, 한심한 세상도 있는 게! 이원만 그런 줄 알았더니 모두 그렇구나!"

박돌 어미의 눈에는 또 눈물이 괴었다. 가슴은 빠지지하다. 어쩌면 좋을지 앞뒤가 캄캄할 뿐이다. 온 세상의 불행은 혼자 안고 옴짝달싹할 수 없이 밑도 끝도 없는 어둑한 함정으로 점점 밀려 들어가는 듯하였다.

쫑그리고 무릎 위에 손을 꽂고 불을 빤히 쳐다보는 그의 눈은 유리를 박은 듯이 까딱하지 않는다. 때가 까만 코 아래 파랗게 질린 입술은 뜨거운 불기운을 받은 가지처럼 초들초들하다. 그의 눈에는 등불이 큰 물항아리같이 보였다가는 작은 술잔같이도 보이고 두셋이나 되었다가는 햇발같이 아래위 좌우로 씰룩씰룩 퍼지기도 한다.

"응, 내 이게 잊었구나!…… 쑥을 가져와야지."

박돌의 괴로운 고함 소리에 비로소 자기를 의식한 박돌 어미는 번쩍 일어섰다.

5

이웃집 닭은 세 홰나 운 지 이슥하다. 먼지와 그을음에 거뭇한 창문은 푸름하더니 훤하여졌다. 벽에 걸어놓은 등불빛은 있는가 없는가 하리만치 희미하여지고, 새벽빛이 어둑하던 방 안을 점점 점령한다.

박돌의 호흡은 점점 미미하여진다. 느른하던 수족은 점점 꿋꿋하며 차다. 피부를 들먹거리던 맥박은 식어가는 열과 같이 점점 사라져버렸다. 이제는 구토도 멎고 설사도 멎었다. 몹시 붉던 낯은 창백하여졌다.

"으응 끼!"

숯구멍에 놓은 뜸 쑥이 타들어서 머리카락과 살 타는 소리가 뿌지직뿌지직 할 때마다 꼼짝 않고 늘어졌던 박돌이는 힘없이 감았던 눈을 떠서 애원스럽게 어머니를 쳐다보면서 괴로운 신음 소리를 친다. 그때마다 목에서 몹시 끓던 담 소리는 잠깐 그쳤다가 다시 그르렁그르렁 한다.

박돌의 호흡은 각일각 미미하다. 따라서 목에서 끓는 담 소리도 점점 가늘어진다.

"껵."

박돌이는 폐기閉氣 한 번을 하였다. 따라서 목에서 뚝 하는 소리가 났다. 박돌이는 소리 없이 눈을 휙 홉떴다. 두 눈의 검은자위는 곤줄을 서고 흰자위만 보였다. 그의 낯빛은 핼끔하고 푸르다.

"바 바…… 박돌아! 야— 박돌아! 에구, 박돌아!"

어머니는 박돌의 낯을 들여다보면서 싸늘한 박돌의 가슴을 흔들었다.

"야 박돌아, 박돌아, 박돌아! 이게 어쩐 일이냐, 으응? 흑흑, 꺽꺽."

박돌 어미는 울면서 박돌의 가슴에 쓰러졌다.

밖에서 가고 오는 사람의 자취가 들린다. 개 짖는 소리, 닭 우는 소리, 새의 지절거리는 소리가 요란하다.

6

붉은 아침볕은 뚫어지고 찢기고 그을은 창문에 따뜻이 비치었다.

서까래가 보이는 천장에는 까맣게 그을은 거미줄이 얼키설키 서리고 넌들넌들 달렸다. 떨어지고, 오리고, 손가락 자리, 빈대 피에 장식된 벽에는 누더기가 힘없이 축 걸렸다. 앵앵 하는 파리떼는 그 누더기에 몰려들어서 무엇을 부지런히 빨고 있다. 문으로 들어서서 바로 보이는 벽에는 노끈으로 얽어 달아 매 놓은 시렁이 있다. 시렁 위에는 금간 사기 사발과 이 빠진 질대접 몇 개가 놓였다. 거기도 파리떼가 웅성거린다. 부엌에는 마른 쇠똥, 짚 부스러기, 흙구덩이에서 주워온 듯한 나뭇가지가 지저분하다.

뚜껑 없는 솥에는 국인지 죽인지 글어서 누릿한 위에 파리떼가 어찌 욱실거리는지 물 담아놓은 파리통 같다.

먼지가 풀썩풀썩 이는 구들, 거적자리 위에 박돌이는 고요히 누웠다. 쥐마당같이 때가 지덕지덕한 그 낯은 무쇠빛같이 검푸르다. 감은 두 눈은 푹 꺼졌다. 삐쭉하게 벌어진 입술 속에 꼭 아문 누릿한 이빨이 보인다. 그의 몸에는 누더기가 걸치었다. 곁에 앉은 그 어머니는 가슴을 치면서 큰 소리 없이 꺽꺽 흑흑 느껴 울다가도 박돌의 낯에 뺨을 대고는 울고, 가슴에 손을 넣어보고 한다. 그러나 박돌이는 고요히 누워 있다.

"흑흑 바…… 바…… 박돌아! 에고 내 박돌아! 너는 죽었구나! 약 한 첩 침 한 대 못 맞아보고 너는 죽었구나! 에구 하누님도 무정하지. 원통해서…… 꺽꺽 흑흑…… 글쎄 무슨 명이 그리두 짜르냐? 에구!"

그는 박돌의 가슴에 푹 엎드렸다. 박돌의 몸과 그의 머리에 모여 앉았던 파리떼는 우아 하고 날아가다가 다시 모여 앉는다.

"애비 없이 온갖 설움을 다 맡아가지고 자라다가 열두 살이나 먹구서…… 에구!"

머리를 들고 박돌의 푸른 낯을 들여다보며,

"박돌아, 야 박돌아!"

부르다가 다시 쓰러지면서,

"먹고 싶은 것도 못 먹고 입고 싶은 것도 못 입고 항상 배를 곯다가…… 좋은 세상 못 보고 죽다니? 휴! 제마! 제마! 나도 핵교를 갔으문 하는 것도 이놈의 입이 원쉬 돼서 못 보내고! 흑흑."

그는 벌떡 일어앉았다.

"에구 하누님도 무정하지! 내 박돌이를, 내 외독자를

왜 벌써 잡아갔누? 나는 남에게 못할 짓 한 일도 없건마는."

그는 또 박돌이를 본다.

"박돌아! 에구 줄을 먹었으면 하는 것도 못 멕였구나. 이렇게 될 줄 알았으면 돼지 새끼 하나 있는 거라도 주고 먹고 싶다는거나 갖다 줄걸. 공연히 부들부들 떨었구나! 애비 어미를 잘못 만나서 그렇게 됐구나!"

어제까지 눈앞에 서물거리던 아들이 죽다니! 거짓말 같기도 하고 꿈속 같기도 하다. "제마!" 부르면서 툭툭 털고 일어나는 듯하다. 그는 기다리던 사람의 발자취를 들은 듯이 머리를 번쩍 들었다. 그러나 그 눈앞에는 아무도 없고 다만 애석히 죽어 누운 박돌이가 보일 뿐이다.

"박돌아!"

그는 자는 애를 부르듯이 소리쳤다. 박돌이는 고요하다. 아아 참말이다. 죽었다. 저것을 흙 속에 넣어? —이렇게 다시 생각할 때 또 눈물이 쏟아지고 천지가 아득하였다. 자기가 발붙이고 잡았던 모든 희망의 줄은 툭 끊어졌다. 더 바랄 것 없다 하였다.

 그는 박돌의 뺨에 뺨을 비비면서 박돌의 가슴을 안고 쓰러졌다. 그의 가슴에는 엉클엉클한 연덩어리가 꾹꾹 쑤심질하는 듯하고 목구멍에서는 겻불내가 팽팽 돈다. 소리를 버럭버럭 가슴이 툭 터지도록 지르면서 물이든지 불이든지 헤아리지 않고 엄벙덤벙 날뛰었으면 속이 시원할 것 같다. 목구멍을 먼지가 풀썩풀썩하는 흙덩어리로 콱콱 틀어막아서 숨 쉴 틈 없는 통 속에다가 온몸을 집어넣고 꽉 누르는 듯이 안타깝고 갑갑하여 울려야 소리가 나지 않는다.

 가슴이 뭉클하고 뿌지지하더니 목구멍에서 비린 냄새가 왈칵 코를 찌를 때, 그는 왝 하면서 어깨를 으쓱하였다. 그의 입에서는 검붉은 선지피가 울컥 나왔다. 그는 쇠말뚝을 꽉 겯는 듯한 가슴을 부둥키고 까무라쳤다.

 문구멍으로 흘러드는 붉은 볕은 두 사람의 몸 위에 동그란 인을 쳤다. 뿌연 먼지가 누런 햇발 속에 서리서리 떠오른다. 파리떼는 더욱 웅성거린다.

7

"제마! 애고— 아야! 내 제마!"

하는 소리에 박돌 어머니는 머리를 번쩍 들었다. 문을 내다보는 그의 두 눈은 유난히 번득였다.

이때 그의 눈 속에는 보이는 것이 있었다.

낮인가? 밤인가? 밤 같기는 한데 어둡지는 않고 낮 같기는 한데 볕이 없는 음침한 곳이다. 바람은 분다 하나 나뭇가지는 떨리지 않고 비는 온다 하나 빗소리는커녕 빗발도 보이지 않는 흐리머리한 빗속이다. 살이 피둥피둥하고 얼굴이 검붉은 자가 박돌의 목을 매어 끌고 험한 가시밭 속으로 달아난다.

"애고! 애고— 제…… 제마! 제마!"

박돌의 몸은 돌에 부딪히고 가시에 찢겨서 온몸이 피

투성이 되었다. 피투성이 속으로 울려 나오는 박돌의 신음 소리는 째릿째릿하게 들렸다.

"으응."

박돌 어미는 몸을 부르르 떨었다. 그는 머리를 번쩍 들었다. 모들뜬 두 눈에서는 이상스러운 빛이 창문을 냅다 쏟다. 그는 돼지를 보고 으르는 개처럼 이를 악물고 번쩍 일어서더니 창문을 냅다 차고 밖으로 뛰어나갔다.

먼지가 뿌연 그의 머리카락은 터부룩하여 머리를 흔드는 대로 산산이 흩날린다. 입과 코에는 피 흘린 흔적이 임리하고 저고리와 치마 앞은 피투성이가 되었다.

"야 이놈아, 내 박돌이를 내놔라! 에구 박돌아! 박돌아! 야 이느므 새끼야, 우리 박돌이를 내놔라!"

그는 무엇을 뚫어지도록 눈이 퀭해 보면서 허둥지둥 뛰어간다.

"야 이놈아! 저놈이 저기를 가는구나!"

그는 동계사무소 앞 골목으로 내뛰더니 바른편으로 휙 돌아 정직상점 뒷골목으로 내리뛰면서 손뼉을 짝짝 친다.

산산한 머리카락은 휘휘 날린다.

"에구 저게 웬일이야?"

"박돌 어미가 미쳤네!"

"저게 웬 에미넨구!"

길에 있던 사람들은 눈이 둥그레 피하면서 한마디씩 뇌인다. 웬 개 한 마리는 짖으면서 박돌 어미 뒤를 쫓아간다.

"이놈아! 저놈이 내 박돌이를 끌고 어디를 가니? 응, 이놈아!"

뛰어가는 박돌 어미는 소리를 치면서 이를 간다. 도끼눈을 뜨는 두 눈에는 이상스런 빛이 허공을 쏘았다. 그 모양을 보는 사람은 누구나 소름을 치고 물러선다.

"이놈아! 이놈아! 거기 놔라! 저놈이 내 박돌이를 불 속에 집어넣네…… 에구구…… 끔찍도 해라. 에구 박돌아!"

"응 박돌아, 그 돌을 쥐라! 꼭 붙들어라!"

박돌 어미는 이를 빡빡 갈면서 서너 집 지나 내려오다가 커단 대문 단 기와집으로 쑥 들이뛴다. 대문에는 김병

원 진찰소金丙元診察所라는 팔분八分으로 쓴 간판이 붙었다.

"저놈이…… 저 방으로 들어가지? 이놈! 네 죽어봐라, 가문 어디로 가겠니! 이놈아, 내 박돌이를 어쨌니? 내놔라! 내 박돌이를 내놔라! 글쎄 내 박돌이를 어쨌니?"

두 눈에 불이 횅한 박돌 어미는 툇마루 놓인 방 미닫이를 차고 뛰어들어가서 그 집 주인 김 초시의 멱살을 잡았다.

멱살을 잡힌 김 초시는 눈이 둥그레서,

"이…… 이…… 이게…… 무슨 일이야?"

하며 황겁하여 윗방으로 들이뛰려고 한다.

"이놈아! 네가 시방 우리 박돌이를 끌어다가 불 속에 넣었지? 박돌이를 내놔라! 박돌아!"

날카롭고 처량한 그 소리에 주위의 공기는 싹싹 에어지는 듯하였다.

"아…… 아…… 박돌이를 내 가졌느냐? 웬일이냐?"

박돌이란 소리에 김 초시 가슴은 뜨끔하였다. 김 초시

는 벌벌 떨면서 박돌 어미 손에서 몸을 빼려고 애를 쓴다. 두 몸은 이리 밀리며 저리 쓰러져서 서투른 씨름꾼의 씨름 같다.

약장은 넘어지고 요강은 엎질러졌다. 우시시한 초약과 넌들넌들한 가래며 오줌이 한데 범벅이 되어서 돗자리에 흩어졌다.

"야 이년아! 이 더러운 년아! 남의 집에 왜 와서 이 야단이냐?"

얼굴에 독살이 잔뜩 나서 박돌 어미에게로 달려들던 주인 여편네는 피 흔적이 임리한 박돌 어미의 입과 퀭한 그 눈을 보더니,

"에구, 저 에미네 미쳤는가?"

하면서 뒤로 주춤한다.

김 초시의 멱살을 잔뜩 부여잡은 박돌 어미는 이를 야금야금하면서 주인 여편네를 노려본다.

주인 여편네는 뛰어다니면서 구원을 청하였다.

김 초시 집 마당에는 어린애 어른 할 것 없이 모여들었

다. 그러나 모두 박돌 어미의 꼴을 보고는 얼른 대들지 못한다.

"응 이놈아!"

박돌 어미는 김 초시의 상투를 휘어잡으며 그의 낯에 입을 대었다.

"에구! 사람이 죽소!"

방바닥에 덜컥 자빠지면서 부르짖는 김 초시의 소리는 처량히 울렸다.

사내 몇 사람은 방으로 뛰어들어간다.

"이놈아! 내 박돌이를 불에 넣었으니 네 고기를 내가 씹겠다."

박돌 어미는 김 초시의 가슴을 타고 앉아서 그의 낯을 물어뜯는다. 코, 입, 귀…… 검붉은 피는 두 사람의 온몸에 발리었다.

"어째 저럼메?"

"모르겠소!"

밖에 선 사람들은 서로 의아해서 묻는다. 모든 사람은

일종 엷은 공포에 떨었다.

"그까짓 놈(김 초시), 죽어도 싸지! 못할 짓도 하더니……."

이렇게 혼잣말처럼 뇌는 사람도 있다.

5.

보석반지

 좋든지 그르든지 또는 크든지 작든지 간에 한번 젊은 가슴을 애틋이 끓게 한 사실은 좀처럼 스러지지 않는다.
 나는 그 눈을 몹시 쏘던 보석 반지와 그 반지의 주인공인 혜경이를 내 기억에 있는 동안에는 잊을 것 같지 않다.

 내가 지금 몸을 붙여 있는 이 최 목사 집에 가정교사로 들어온 지 벌써 삼 삭이나 되었다.
 철없는 어린 것들을 가르치는 것은 그리 괴로울 것이 없으나 남의 지배하에서 기계적으로 움직인다는 것이 젊은 나로서는 여간한 고통이 아니다. 그러나 이미 있는 바요 또 어떠한 고통이든지 견디어나가지 않을 수 없는 것을 잘 깨달은 나는 모든 감정을 꿀쩍꿀쩍 참고 최 목사의 명령대로 하여왔다.

최 목사는 금년 서른한 살 되는 사람이다. 그는 일찍 자기의 아우가 어떤 여학생과 연애를 했다가 하느님의 뜻에 어그러지는 의사간意思姦이라 하여 쫓아버린 일까지 있는 이다. 그는 교회에서라도 젊은 남녀가 마주 서서 소곤거리는 것만 보면 곧 하느님의 명령이라고 책망을 내린다.

동네 사람들이 전하는 말을 들으면, 최 목사는 칠 년 전엔가 그 본처하고 이혼하고 그 후 이태 만에 독실한 신자요 독신 생활을 표방하기로 유명하던 김마리아와 결혼하였다. 지금 부인은 김마리아다.

내가 최 목사 집에 가정교사로 온 지 한 이십 일 넘었다.

하루는 노곤한 봄잠을 깨니 어느새 금빛 태양이 동창에 다정하게 비추었다. 아침잠이 많은 나는 최 목사 집에 온 후로 애써 일찍 일어나지만 그래도 해뜨기 전에 일어나 본 적이 없었다.

나는 맨 샤쓰 바람에 뜰로 나갔다. 뒷산 송림을 스쳐 내리는 아침 바람은 부드럽고 시원하였다.

이슬에 촉촉이 젖은 화단의 개나리 봉오리는 어린 애기 입술같다.

나는 산뜻하게 찬 고무신을 끌고 뒷간으로 나갔다. 화단을 왼편으로 끼고 돌아 뒷간 앞에 이르렀을 때였다. 뒷간 문이 펄쩍 열리더니 웬 여자가 급히 나온다. 나는 주춤하면서 그를 쳐다보았다. 그도 나를 언뜻 쳐다본다. 시선과 시선이 마주칠 때 나는 놀라지 않을 수 없었다.

그는 머리를 숙이고 걸음을 빨리하여 마루간에 이은 건넌방으로 들어간다.

벌써 일 삭 남아 두고, 내 머릿속에서 대룩대룩하던 그 눈, 이 코에 남은 그 부드러운 향기를 다시 맡는 나는 가슴이 멍하였다.

'저 여자가 왜 여기 왔나? 어데 있는 여잘까?'

뒷간에 들어앉은 내 머리에는 한 달 전 기억이 지새는 안갯속에 나타나는 산봉우리같이 점점 밝게 떠오른다.

내가 그 여자를 처음 본 것은 지나간 이른 봄이었다.

그때 나는 안국동 어떤 학생 여관에서 내 고향 학생과 같이 있으면서 호구糊口할 도를 생각하였다. 무릎이 다 나간 양복을 입고 어둑한 방에서 머리를 끙끙 썩이다가 형용할 수 없는 갑갑증에 나도 모르게 밖으로 뛰어나왔다.

궂은 비 뒤의 둔한 햇빛은 마치 늦은 가을 같았다.

나는 여관 문을 나서기는 하였으나 어디를 가면 좋을는지 한참이나 망설였다. 워낙 서울에 온 지가 얼마 되지 않고 또 낯이 넓지 못한 나는 그리 알뜰살뜰하게 갈 곳도 없었다.

'엑 나온 바자에 순옥이나 찾아볼까?'

나는 어청어청 자국을 띄었다. 순옥이는 내게 먼 조카가 되는 계집애다. 나는 그때 고등 여학교 이년급에 다녔다. 나는 간혹 아무 의미 없이 다만 이상어른이라는 체면으로 그를 찾아보곤 하였다.

나는 질척한 별궁 뒷골목을 헤어나와 안동 네거리를 지나 간동을 향하고 힘없이 걸었다. 간동 순옥의 여관에 간 나는 서슴지 않고 순옥의 방문 앞에 갔다. 마루에는 여자 구두가 둘이 놓여 있다. 뒤가 삐뚤어지고 코가 벗어진 노랑 구두는 눈에 익은 것이나, 진 땅을 곱게 골라 디디어서 바닥가로 돌아가면서 진흙이 살짝 묻힌 반득반득한 까만 아미앙에는 이 문 앞에서 처음 보는 것이다.

나는 유난스럽게 빛나는 그 구두를 볼 때 내 상상은 미닫이 종이 한 겹을 통하여 화려하게 단장한 그 구두의 임자를 보았다. 나는 이때에 나로도 알 수 없는 어떠한 부드러운 미감美感을 느끼는 동시에 가물에 선 능장대같이 시들시들한 내 그림자를 생각하고 일종 부끄러운 생각과 같이 불쾌한 기분에 쌓였다.

'들어갈까? 돌아갈까?'

그 자리에서 돌아가기는 너무도 무인격하고 비겁하고 그 구두에 밟히는 것 같아서 차마 발이 돌아서지 않았다. 그러나 이 꼴을 해가지고 그 구두의 주인공 앞에 앉기는 순옥이에게도 미안하려니와 내 인격이 너무도 값이 없을 듯이 생각났다.

'원 별소리를 다 하지! 이러면 어때! 내가 연애를 하겠으니 걱정인가? 못 입은 놈은 사람이 아닌가?'

나는 이렇게 억지로 나를 위로하면서 가장 대담스럽게 기침을 '캭' 하였다.

미닫이가 팔짝 열리더니 새까만 순옥의 눈이 반짝한다.
"에구 아저씨 오셨네."
순옥이는 어리광 비슷하게 만족히 웃으면서 마루에 나섰다. 그때 순옥이와 미닫이 사이의 틈으로 방바닥에 앉은 어떤 여자의 무릎과 무릎 위에 걸어놓은 흰 손이 보였다.
나는 순옥이를 보면서
"요새 어떠냐?"
하였다. 그 말은 혀가 굳은 것처럼 어색하게 나왔다.
"늘 그래요. 들어오서요!"
순옥이는 방긋 웃고 한쪽으로 피해 서서 길을 낸다.
"가겠다."
나는 주춤거렸다.
"괜찮아요, 우리 언니에요."
영리한 순옥이는 내가 그 여자를 꺼리는 것을 눈치채었는지 우스운 변명을 한다.

 나는 방에 들어섰다. 방에 앉았던 여자는 어느새 일어났다. 그는 손바닥을 마주 비비면서 몸을 반쯤 돌려 윗벽에 걸어놓은 성모마리아의 그림을 보고 있다. 갸웃드름한 까만 머리 뒤에는 붉고 푸르고 흰 수정을 박은 빗이 박히고 한편으로는 아롱아롱한 긴자시가 질렸다. 곤세루 치마 옥양목 저고리에 수수한 뒷모양이 내가 상상하던 성장은 아니나 그만하면 어디 가서 빠질 차림은 아니다.

 "언니 왜 섰소?"

 나를 따라 들어온 순옥이는 미닫이를 살금히 닫으면서 그 여자의 반면半面을 웃음 띤 눈으로 본다.

 "인제는 가겠다."

하면서 그 여자는 휙 돌아서더니 다시 몸을 돌려서 저편 이불 위에 놓인 푸른 숄을 집어 든다. 그 돌아서는 때에 순옥이를 보고 쌩긋 웃는 까풀이 약간 진 눈이며 가볍게 허리를 구부려 숄을 집는 옴팍옴팍한 손이며 불그레하게 보이는 뺨은 퍽 다정스럽게 보였다.

"왜 언니 가세요? 저이는 우리 아저씨예요. 괜찮아요. 더 놀아요. 응?"

순옥이는 그가 가는 것이 아까운지 서운해한다. 나는 공연히 왔다 하는 후회도 없지 않았다.

"얘 벌써 네시가 지났다. 밥종 칠 때가 고대될 텐데 가야지!"

하면서 또 쌩긋 웃는다. 밥종이라는 소리에 '오오 그러며는 기숙사 생활을 하는구나?' 하는 것을 나는 직각했다.

그 여자는 마루에 서서 방 안을 들여다보면서 머리를 가볍고 다정스럽게 숙였다. 나도 숙였다. 그 여자가 간 뒤에 순옥이와 나 사이에는 별 이야기가 없었다. 그 여자에 관한 말은 물론 없었다. 나는 묻고는 싶었으나 순옥이가 어떠하게 여기지나 않을까 해서 입 밖에 내지 못했다. 순옥이도 흥이 풀어졌는지 가만히 있었다.

순옥의 여관을 나선 내 머리에는 생각지 않으려고 했으나 그 여자의 자태가 떠올랐다. 안국동 네거리에 나서서 파출소 앞을 지날 때였다. 거뭇한 파출소 유리창에 희미하게 비추이는 내 옷맵시를 볼 때 나는 어깨가 축 처지는 것이 불쾌하였다. 암만해도 거지 같은 나와 귀부인 같은 그 여자의 사이에는 커단 창 벽이 가로질려서 피차에 접촉치 못할 암시나 주는 듯이 생각났다. 그러나 그 후로 그 여자의 그 어글어글한 눈이 잊히지 않았다.

나는 이제 그 여자를 꿈에도 생각지 않던 곳에서 만났다. 푸근한 봄 꿈에 잔잔한 물결같이 되었던 내 가슴은 재릿재릿한 슬픔과 간질간질한 기쁨에 울렁거렸다.

'저 여자가 왜 여기 왔을까? 어데서 예배보러 왔나. 아니 오늘이 화요일인데! 몸차림을 봐서는 오기는 어제 와서 여기서 잔 듯한데?'

나는 궁금하기 짝이 없었다. 함께 있는 창수더러 묻고도 싶지만 어둔 밤에 홍두깨격으로 식전 댓바람에 여자 이야기를 꺼내기는 나의 자존심이 허락지 않았다. 이날 아침 나는 늘 보는 신문이며 책도 보지 않고 그것만 골똘히 생각하였다.

"선생님 어디 아프셔요?"

창수는 나의 낯빛을 보면서 묻는다. 나의 낯빛은 그렇게 이상스럽도록 되었던 게다.

'흥 내가 미쳤나! 다 집어 세여라. 나의 밟을 길이나 튼튼히 밟자!'

나는 이렇게 속으로 코웃음을 쳤다. 이 세상에 나온 날부터 따뜻한 부모의 사랑을 못 받고 자라 청춘의 반 생애를 부평같이 보낸 나는 어떠한 행복을 생각할 때면 그것이 나에게는 무의미하다는 것보다 와질 것같이 믿어지지 않는다.

그러면서도 아직 스물셋이나 되는 청춘이라 이성의 뜨거운 사랑이 그립지 않은 것은 아니었다. 그러나 내가 이때까지 사랑을 그린 것은 미적지근하였다. 마치 물 못 본 기러기가 물 그리듯 하였다.

멀리 총독부 굴뚝 끝에 남았던 석양빛은 어느새 스러졌다. 으스름한 황혼빛은 그물에 한 연기와 같이 만호장안萬戶長安을 흐리었다. 수없는 전등불은 반짝 하고 눈을 떴다. 나는 저녁 후에도 볼일이 있어서 어린애들을 가르치지 못하고 서대문정 김 전도사를 찾아갔다 갓 열시가 넘어서 돌아왔다. 야학 갔던 창수도 벌써 돌아와 있었다.

이날 밤에 창수와 나는 열한시가 넘어서 자리에 들었다. 흐린 안개를 뚫고 흘러나리는 으스름 달빛에 창밖은 번— 하였다. 사면은 인적이 끊겼다.

마루방에 걸어놓은 시계 소리가 어쩌면 들릴 듯하다. 창수와 나는 눈이 말똥말똥해서 천정에 빛나는 전깃불을 쳐다보았다.

이때 내 귀에 들리는 소리가 있었다. 나는 그 소리 나는 곳으로 귀를 기울였다. 그것은 저편 건넌방으로 흘러나오는 찬송가 소리였다.

> 자비하신 예수여
> 제가 사람 가운데
> 의지할 이 없으니
> 슬픈 자가 됩니다……

고운 목청으로 가만히 부르는 그 소리의 높고 낮고 길고 짧은 리듬은 고요한 봄밤 공기에 조화되어서 유리창 틈으로 흘러든다. 눈을 살곰히 감은 나는 자줏빛 안갯속에 싸이는 듯이 저릿하고도 달짝지근한 감정에 싸여서 그 소리의 여음까지라도 놓치지 말고 잡으려고 하였다.

"선생님 벌써 주무시우? 선생님 왜 웃으셔요?"

내 낯에는 나도 모르게 미소가 흘렀든지? 사근사근하고 해롱거리기 좋아하는 창수는 그것을 보았던 모양이다. 나는 달콤한 꿈을 깨치는 것이 좀 섭섭하였다.

"응 잠 좀 들었어! 왜 지금도 안 자나?"

하고 선하품을 하면서 그를 보았다.

"히히 선생님 주무셨어요? 선생님 웃으시던데!"

창수도 그 찬송가 소리에 흔들렸는지 무슨 말을 퍽 하고 싶어한다.

"저게 누군가?"

"왜요 못 보셨어요? 히히."

그는 의미 있는 듯이 웃는다. 나는 내 가슴속에 품은 무엇을 창수에게 들키지나 않을까 하는 염려도 없지 않았다.

"응 못 봤어."

"이— 왜 아까 낮에 선생님이 목사하고 말씀하실 때 마당에서 무엇을 빨고 있는 것을—."

"응 저게 근가?"

나는 벌써 그라는 것을 직감하였지만 짐짓 모르는 체하였다.

"그런데 그게 누구야?"

"목사님 누이예요!"

"목사님 누이?"

나는 무의식중에 이렇게 도로 물었다. 이때 아아 최 목사에게 저런 누이가 있나 하는 생각이 기적같이 내 가슴에 울렸다.

"네. 목사님 누이가 둘인데 하나는 시집가고 저 혜경이는 금년에 졸업했어요."

이 말에서 나는 그가 혜경인 것을 아는 동시에 지나간 이른 봄 순옥의 집에서 "밥종 칠 때가 가까웠다" 하던 그의 소리를 생각하고 오오 그래서는 고등학교에서 기숙사 생활을 한 게다 하는 생각을 하지 않을 수 없었다. 그러나 나는 모두 모르는 체하고,

"그래 지금까지 어데 있었노?"

하매,

"고등여학교 기숙사에 있었어요."

창수는 대답한다.

"지금 몇 살인데?"

"열여덟이라나? 히히 왜 선생님 그건 물으셔요?"

창수는 또 해롱해롱 한다. 창수는 그것이 무심히 하는 소리겠지만 나는 무심히 들려지지 않았다.

"하 이 사람 좀 물으면 어떤가? 훙."

나는 창수를 보고 픽 웃었다.

"아니 글쎄 그러나 글렀수다. 벌써 정가표定價表를 붙였답니다. 훙."

정가! 그래서는 벌써 결혼하였구나! 나는 정가라는 그 소

리를 이렇게 해석할 때 시험 방목을 찾아보던 낙제생 모양으로 가슴이 덜컥하고 사지에 풀이 죽었다.

"누구하고 결혼했나?"

나의 목소리는 최후의 부르짖음같이 내 귀에 울렸다.

"우리 고향(사리원) 사람인데 예수를 아주 진실히 믿어요. 그리고 시방 장사를 하는데 돈도 많고 또 와세다 대학 경제과 출신입니다. 그런데 나이가 많아요."

창수는 묻지 않는 말을 줄줄 꺼낸다.

"지금 마흔하난지 둘인지 됐어요! 그래서 처음에는 혜경이가 울었대요. 히히."

"그래 지금은 괜찮은가?"

"지금은 둘이 사진까지 박구 잘 지내요. 그런데 처음에는 어찌 우는지! 그러다가 결혼만 하면 미국으로 유학을 보내준다고 하는 바람에 정이 든 모양이에요. 최 목사가 그저께도 말하는데 혜경이는 금년 가을에 미국으로 간대요. 그리고 최 목사도 그 사람(혜경이와 결혼한 남자)이 돈을 대서 작년에 일본까지 갔다 왔어요. 나도 어데서 그런 자리나 하나 얻었으면

……."

창수는 자기의 기구한 처지가 다시금 구슬픈 듯이 말끝에 애조를 띠었다.

나는 그 모든 소리를 들을 때에 꽃다운 혜경의 장래에 대한 동정심과 아울러 최 목사와 그 남자의 추행에 대한 의분과 질투에 끓었다.

"혼례식은 언제 하나?"

"이제 앞으로 한 달 반쯤 남았어요. 오월 열이튿날이라니까……. 그래서 그 준비 때문에 졸업식 전에 먼저 나왔대요."

나는 무어라고 형언할 수 없는 기분에 싸였다. 혜경이와 아무 관계도 없건마는 그가 불원간 떠나게 된다는 것이 내게는 말할 수 없이 쓸쓸하였다. 어째서 쓸쓸한지 나로도 알 수 없었다.

'단념! 단념! 모든 것을 단념! 하자! 내가 왜 이럴까?'

나는 그와 같은 아내를 가질 자격도 없거니와 더구나 그는 결혼한 여자다……. 그러나 다만 누이로라도 사랑한다면. 나는 얼토당토않은 이런 생각으로 밤잠을 못 이루었다.

이튿날부터 나는 혜경이를 자주 보게 되었다. 나는 그와 마주칠 때마다 부드러운 느낌을 받으면서도 수줍고 부끄러워서 그의 낯을 똑똑히 바라보지 못하였다. 나뿐이 아니라 혜경이도 나를 똑바로 쳐다보지 않았다. 혹 내가 마당에서 거닐거나 무엇을 할 때에 그의 방문이 열렸거나 그가 마당에 나섰거나 하면 나는 그를 등지고 돌아보지 않았다. 그리고 내 등 뒤에 선 그가 무슨 발광체 같기도 하고 나의 일동일정을 감시나 하는 듯해서 보고 싶으면서도 차마 머리를 돌리지 못하였다. 그러면서도 나는 눈이 삐뚤어지도록 은근히 돌려서 애교가 흐르는 그의 얼굴을 도적해 보았다. 도적해 보다가 생각하던 바에 뒤져서 그가 나를 주의해 보지 않는 것을 발견할 때면 나는 마음이 좀 편하면서도 섭섭하였다. 혜경이도 어찌 되어 나를 등지고 내 앞에 서는 때면 그의 일동일정이 부자연스럽게 보였다. 그도 내 모양으로 머리를 돌려서 내 편을 못 보았다. 그러나 간간이 그의 머리가 극히 고요한 동작으로 돌아지면서 하—얀 귀, 불그레한 뺨의 반면이 내 쪽으로 향할 듯하다가도 그만 못 돌리는 것은 곁눈질하는 것임을 나는 알았다. 그렇게 생각하면 생각할수록 내 마음은 끓었다. 거치른 환경에서 거치른 바람에 꽉꽉 응결되어서 인간의 달콤한 정열을 못 느낀 내 마음은 공교롭게 만난 이성의 냄새와 빛에 봄눈같이 풀렸다. 동시에 기구한 내 신세가 더욱 슬펐다.

하루 이틀 지나 십여 일이 넘는 새에 혜경이와 내 사이에는 말 없는 속에서 말 없는 친분이 얼크러졌다. 나는 어디 갔다 돌아오더라도 혜경의 그림자가 보이지 않으면 어디 나간 어머니를 기다리는 어린애 맘같이 허수하였다. 또 내가 어디 갔다 오면 그는 말 없이 마당에 나와서는 뒷간으로 가거나 혹은 빨래 같은 것을 만지기도 하였다. 그때 내 생각에는 그 모든 것이 나에게 보이기 위해서 하는 것 같았다.

혹시 내가 할멈을 불러도 할멈이 대답이 없으면 그가,

"할멈 저 방에서 부르셔……"

하고 대신 불러주기도 하고 또 할멈이 없는 때에 물을 청하면 그가 떠다가 마루에 놓아주기도 하였다. 그러나 최 목사의 내외가 듣거나 보는 눈치만 있으면 혜경이는 내 동작에 대해서 추호 반점도 관념치 않는 처음 보는 사람 같았다. 나도 자연히 신경이 긴장되었다. 주위의 경계선이 엄밀할수록 대상의 태도가 부드러울수록 나의 번민은 컸다.

어느 주일날이었다. 할멈더러 세숫물을 놓아라 하고 책을 읽고 있는데 당그랑 하고 세숫대야를 마루에 놓는 소리가 들린다. 나는 수건을 집어 들고 미닫이를 열었다. 나는 의외 일에 놀라지 않을 수 없었다. 문 앞에는 혜경이가 섰다. 그는 세숫대야를 살그머니 툇마루에 올려놓으면서 비눗갑을 살짝 열어놓더니 나를 힐끗 쳐다본다. 이때 부딪치는 두 시선은 무슨 비밀과 비밀을 암시하는 듯이 내 머리는 땡하고 가슴이 뭉클하면서도 일종의 만족을 느끼었다. 혜경이는 머리를 숙이고 제비같이 날쌔게 저편 안 마룻간으로 갔다. 나는 어떻게 유쾌한지 알 수 없었다.

동서에 유리표박하여 친절한 대우를 못 받아본 나는 이날 아침 혜경의 일이 어떻게 고마웁고 유쾌한지 무어라 형언할 수 없었다. 나는 오랜 여로에 섰다가 사랑하는 내 집에 돌아

와서 자고 난 듯하였다.

'아아 사람들은 이 때문에 사랑을 구하고 가정을 동경하는구나!'

나는 이때까지 그렇게 애착을 가지고 생각해본 적이 없는 단란한 부부생활을 눈앞에 그려보았다.

나는 이날 낮에 예배당에 갔으나 목사의 설교가 귀에 들리지 않았다. 원래 종교의 신앙을 못 가진 나는 그렇지 않아도 설교가 귀찮은데 이날은 더욱 몸 괴로왔다. 나중에는 누가 뭐라는지? 마음속에는 혜경이라는 일념뿐이었다.

'그도 나를 생각할까? 흥 내가 부질없이 이러지.'

나는 이렇게 자문자답하였다. 그리고 그가 내게 대한 태도가 그리 저어하지 않은 것을 생각할 때 그도 나처럼 나를 생각하고 마음을 쓰는 듯해서 기쁘고 든든하였다. 나는 그러기를 원하였다. 그러나 사리원에 있다는 그의 남편의 약력과 현재를 생각하고 나의 지금 처지를 볼 때 암만해도 나를 생각하리라는 추측이 믿어지지 않아서 나는 슬프고도 세상이 원망스러웠다. 예배가 끝난 뒤에 나는 바로 집으로 향하였다.

오늘은 할멈까지 예배당에 왔으니 집에 가면 혜경이가 대문을 열 줄(최 목사 집은 밤낮 없이 대문을 잠근다) 안 까닭이다.

"혜경 씨!"

나는 가슴을 찌르르 울리고 나오는 떨리는 소리로 불렀다. 문을 열고 돌아서던 혜경이는 말없이 주춤 선다.

"혜경 씨! 혜경 씨!"

내 소리는 내 호흡과 같이 급하고 떨렸다.

"네!"

혜경이는 나를 살짝 쳐다보더니 폭 숙이는 그 머리 한편에 부드럽고 흰 귀밑이 불그레하다.

"혜경 씨 나는 당신을 사랑합니다. 나는 당신이 결혼한 여자인 줄 알면서도 나는 사랑합니다. 그러나 나는 당신의 사랑을 받으려고 하지 않습니다. 당신의 사랑을 못 받더라도 당신 집에 몸을 붙인 김경호라는 기구한 청춘이 당신을 그리고 생각했다는 것만 당신 기억에 박아주신다면 나는 기쁘겠습니다. 나는 혜경 씨에게 이 위에 더 요구가 없습니다. 아— 혜경 씨 들어주서요? 네? 제 요구를 들어주서요? 당신도 청춘이지요. 아! 혜경 씨!"

나는 팔을 벌렸다. 그를 껴안고 그의 허리가 끊어지도록 포옹하면서 기껏 울었으면 가슴이 확 풀릴 것 같다. 나는 혜경의 앞으로 뛰어갔다. 이때에 무엇이 내 이마를 작끈 박는다. 나는 두 눈에서 불이 번쩍하면서 정신이 아찔하였다. 최 목사의 시뻘건 눈이 머릿속에 언뜻 한다. 나는 어떤 벽에 기대어 서서 겨우 정신을 차렸다.

아— 나는 예배당 문밖을 나서면서부터 환상에 취했다. 환상에 열중한 나는 집 앞을 지나서도 한참이나 가서 앞집 담에 가서 이마가 부딪치는 것도 깨닫지 못했다. 정신이 든 나는 스스로 무참하고 비열한 감정이 가슴에 치받혀서 누가 보지나 안 했나 하여 사면을 돌아보면서 집으로 바삐 갔다. 벌써 최 목사며 여러 식구들은 돌아와 있었다.

"자네 예배당에 안 갈라나?"
"머리가 어찌 아픈지 오늘 밤은 쉬겠습니다."

나는 최 목사에게 이렇게 대답했다. 실상인즉 머리도 아팠다.

"웬만하면 가지?"

최 목사는 못 미덥다는 눈초리로 나를 본다.

"글쎄 어찌 아픈지 횡한 게 걸을 것 같지 않아요."

"정 그렇다면 하는 수 없지!"

최 목사는 이맛살 찌푸리고 돌아서면서,

"할멈! 할멈은 오늘 밤에 집에 있게. 쟤(혜경)가 혼자서 적적하겠으니……."

나는 벌써 최 목사의 뱃속을 들여다보듯이 알았다. 젊은 남녀를 혼자 두기가 의심스럽다는 것을 나는 그의 표정에서 알아챘다.

최 목사 내외와 애들까지 예배당으로 가고 나니 집 안은 사람의 자취가 끊어진 듯이 고요하다. 할멈은 수나 난 듯이 제 방으로 들어가더니 코를 드르릉드르릉 곤다. 나는 환한 전등을 쳐다보면서 누웠다 앉았다 번민이 컸다. 어떠한 기회를 얻어서든지 이 가슴의 정열을 붓으로나 입으로 혜경에게

설토하기 전에는 그 번민이 없어지지 않을 것 같았다.

워낙 저쪽이야 듣거나 말거나 내 쪽에서 설토치 않고는 가슴이 막 터질 것 같다. 아홉시가 친 뒤였다. 나는 나로도 걷잡을 수 없는 충동에 밖으로 나갔다.

초생달 빛이 엿보는 담 안은 무거운 침묵에 싸였다. 내 귀에 들리는 내 혈관의 피 뛰는 소리는 할멈의 코 고는 소리와 같이 주위의 공기를 울리는 듯하다. 나는 좀 떨리는 다리를 옮겨놨다가는 멈추고 멈췄다가는 옮겨놓으면서 수묵을 찍어놓은 듯한 화단을 지나 불빛이 환한 혜경의 방문 앞에 이르렀다.

……의지할 이 없으니, 슬픈 자가 됩니다:……

그 방 안에서 흘러나오는 찬송가 소리에 내 마음은 더욱 고조되었다. 전신의 피가 막 끓어오르는 듯이 머리가 띵하고 얼굴이 화끈하였다. 목구멍은 속속 들이마르고 침은 고추 먹은 뒤같이 극도로 걸어진다. 나는 부들부들 떨리는 다리를 겨우 지탱하고 툇마루 아래 섰다. 떨리는 호흡은 뛰노는 가슴과 같이 높았다……. 방 안에서 흘러나오던 찬미 소리가 뚝 그치더니 혜경의 그림자가 붉은 창문에 언뜻하자 창이 드륵 열렸다. 방에서 흘러나오는 전등 빛은 마루 아래에 떨고 선 나의 상반체를 거멓게 비추었다. 나는 가슴 속에 붙은 불이 단번에 폭발되어 나의 온몸을 깡그리 살라버리고 마는 듯하였다. 나는 머리를 번쩍 들어보았으나 뜨거운 불길에 흐린 내 눈에는 무엇이 똑똑히 비추이지 않았다.

문을 드륵 열던 혜경이는 미닫이에 손댄 채 꼼짝하지 않는다. 청춘인 그의 가슴은 어떠한 감상에 끓었는지? 나는 무슨 큰 죄나 지으려다가 들킨 듯이 말도 나오지 않고 무참하기도 짝이 없었다. 바로 이때다.

"문 열어라!"

하는 최 목사의 소리는 내게는 죄수에게 내리는 사형 선고같이 들렸다. 나는 무의식중에 뒷간으로 뛰어갔다. 할멈이 문을 열었는지 예배당에 갔던 온 식구들은 저벅저벅 하고 들어오더니 마루를 구르는 소리 문 여는 소리에 한참은 분주하였다. 나는 그네가 내 동정을 살핀 듯한 자곡지심自曲之心에 주저주저하다가 고요할 때 뒷간을 나서서 내 방으로 갔다. 혜경의 방 미닫이는 방긋이 열려 있었다.

나는 밤중부터 일어난 두통이 아침에도 그치지 않아서 아침도 못 먹고 그냥 드러누워 있었다. 눈을 가만히 감고 드러누운 내 몸은 끝없는 끝없는 함정으로 휘휘 떨어지는 듯하였다.

나는 모든 것을 잊으려고 하였다.

나는 다시 혜경의 낯을 볼 것 같지 못하였다. 그는 나를 야비하고 축축하고 가증스럽게나 보지 않았는가 생각한 까닭이다. 그리고 온 집안 식구에게 그것이 알려진 듯해서 마음이 조마조마하였다.

오후에 마당에서 유치원 갔던 어린애들이 노래를 한다.

—지난 엿새 동안에는 힘을 다해서 일을 하고 오는 일요일 또 대하니 즐겁기 한량없네……

하는 세 아이의 소리와 같이 혜경의 청아한 소리도 들렸다. 그러다가 노래가 뚝 그치더니,

"얘 요한(목사의 큰아들)아 선생님한테 왜 문병 안 가니?"

하는 나직한 소리는 혜경의 목소리였다.

"응 어떻게?"

"선생님 어디가 편찮으셔요? 그러지 홍."

"선생님 어디가 편찮으셔요?"

요한의 목소리는 바로 내 창 앞에서 들렸다.

"이— 문을 열고 해야지!"

알 수 없는 유쾌를 느낀 나는 미닫이를 방긋이 열면서

"네! 요한 군이요!" 하였다.

이때 저편에 선 혜경이와 나의 시선은 언뜻 부딪쳤다. 두 눈에는 말 없는 웃음이 흘렀다. 그의 얼굴은 불그레하였다.

창경원 사쿠라가 한창이던 사월 그믐께였다. 하루는 어디를 갔다가 늦게 들어와서 저녁을 먹는데 창수가 곁에서 빙그레 웃는다.

"자네 왜 웃나?"

"히히 선생님 우필운이 왔어요! 히히."

"우필운이 누군가?"

"혜경의 남편…… 지금 혜경의 방에 있어요. 히히 아엉."

내 눈앞에는 돼지 목덜미같이 살이 피둥피둥한 어떤 부호가 언뜻 지나자 전등불이 환한 아래서 두 년놈이 얼싸안고 키스하는 환상이 너무도 천연하게 보였다. 내 가슴에는 나로도 억제할 수 없는 질투가 일어났다.

검붉은 탐욕 덩어리에 눌리는 혜경이의 불쌍한 형상이 보이는 듯도 하였다. 신자라는 거짓 탈을 쓰고 갖은 음흉을 다 부리는 최 목사까지 미웠다. 나는 단번에 그 무리들을 쳐부수고 싶었다.

"아! 경호 씨! 저를 살려주서요. 저는 이 못된 놈들 힘에 못 견디어서 이 몸을 더럽힙니다."

하는 혜경의 모습이 보이는 듯하였다.

"선생님 무얼 생각하시우."

먹던 밥을 입에 문 채 숟가락으로 상을 짚고 멍하니 창문을 보면서 생각에 골몰하였던 나는 창수의 말에 비로소 내 정신이 들었다.

"응 배가 아파서 그러네!"

나는 이렇게 대답하고 다시 밥을 먹었다.

이날 밤에 내 번민은 컸다. 나중에는 부질없는 내 생각을 스스로 픽 웃어도 보았다. 우필운이는 최 목사와 같이 자고 이튿날 새벽차로 사리원으로 갔다. 내가 세숫물을 화분에 주는데 정거장에 우필운의 전송을 나갔던 최 목사와 혜경이가 들어왔다. 왜사 저고리에 옥색 모시 치마를 산뜻하게 입은 혜경이는 나를 보더니 낯이 불그레해서 머리를 수긋하고 남빛 양산을 휘휘 저으면서 제 방으로 강둥 뛰어들어간다. 이때 내 눈을 톡 쏘는 것이 있었다. 그것은 그의 왼손 무명지에 낀 홍보석 반지다.

나는 아침볕에 반짝하는 반지를 볼 때 가슴이 서늘하였다.

"아아! 혼인 반지로구나!"

나는 무의식중에 부르짖었다. 이 세상에서 가장 힘 있는 영예, 지위, 부귀 이 모든 것에 빛과 소리와 냄새가 그 노란 금반지에 꼭 물린 붉은 보석에 엉기고 맺혀서 아무나 가까이 할 수 없는 무서운 빛을 발사하는 듯하다. 그 허영의 바탕 위에 교만의 빛을 지어놓은 빛을 볼 때 나의 온 인격은 알 수 없는 멸시와 모욕을 받는 듯해서 견딜 수 없었다.

'아아 너도 그 힘에 끌리는구나!'

하고 생각할 때, 그 매력을 주던 혜경이가 여우같이 서하여 퍽 불쾌하였다.

'흥 내가 미쳤지. 왜 내가 그(혜경)를 미워할까? 그가 나를 사랑하다가 버렸단 말이냐? 설사 사랑하다가 버렸다 치더라도 내가 그를 원망할 권리가 있을까? 흥! 그가 이미 결혼한 여성인 줄 뻔히 알면서 러브한 내가 미쳤지!'

나는 이렇게 마음을 돌리기도 하였다. 그러나 그 보석 반지를 생각하면 또 불쾌하였다.

나는 방에 들어와서 거무튀튀한 내 낯과 땟국이 꾀죄죄하게 흐르는 내 의복을 거울에 슬그머니 비추어볼 때 두 어깨가 축 처지고 이 세상에서는 아무 권리도 없는 듯해서 퍽 불쾌하였다.

'내가 왜 이러나? 응 글쎄. 내가 어서 공부나 열심히 하자! 어떠한 고통이든지 이기고 나가서 민중적 큰일을 해보자. 그까짓 조그마한 계집애 때문에 번민하다니……'

나는 애써 단념하려고 하였으나 쉽게 스러지지 않았다.

오월 열하룻날 밤차로 혜경이는 최 목사와 같이 사리원으로 갔다. 나는 이날 밤 방에 가만히 들어박혀서 혜경이가 떠나느라고 분주히 구는 소리를 들을 때 무어라 형언할 수 없는 기분에 눌렸다. 내 눈에는 여러 사람의 부러운 부르짖음 속에 선 신랑 신부의 화려한 모양이 보였다.

나는 책도 갈 대로 가거라 하고 벽에 기대어서 눈을 꾹 감고 번민에 골똘하였다. 밤 열시가 넘어서 정거장에 나갔던 창수가 들어왔다. 창수는 빙글빙글 웃으면서,

"선생님!"

은근히 부른다.

"왜 그러나?"

나는 모든 것이 귀찮다는 듯이 대답했다.

"미스 H가요 부탁합디다."

—라는 소리에 나는 솔깃하였다. 그는 혜경이를 H라고도 불렀다.

"무어라고?"

나는 가장 태연하게 물었다.

"한집에 오래 있으면서도 이목이 번다해서 인사치도 못하고 더구나 떠날 때에도 뵈옵지 못했으니 용서하시라구요."

"용서?"

"네 용서하라 하고 그리고 저더러 이 말을 가만히 여쭈라고 해요. 선생님은 좋겠습니다."

"좋기는 무에 좋아! 한집에 오래 있었으니 그 말도 하겠지!"

나는 나의 내적 생활을 창수에게 보이지 않으려고 이렇게 말했으나 나로도 알 수 없는 충동을 받지 않을 수 없었다. 그 소리를 듣고 보니 그가 더욱 그립고 그와 말 한번 못 한 것이 어찌 안타까운지 견딜 수 없었다. 그러나 그 보석 반지를 다시 생각할 때면 나는 무거운 기분에 눌렸다.

혜경에게 대한 부드럽고 아름다운 느낌은 다 스러져버린다.

그 후로 나는 애써 모든 것을 잊으려 하는 동시에 이전처럼 공부에도 차츰 애착이 붙었다.

그러나 젊은 가슴에 한번 끓어 넘은 사실은 그렇게 용이히 스러지지 않았다. 날이 가고 달이 갈수록 혜경이와 보석 반지는 내 가슴속에서 서로 얼크러져 싸우는 때가 많았다.

6.

십삼 원

　유원이는 자려고 불을 껐다. 유리창으로 흘러드는 훤한 전등빛에 실내는 달밤 같다.
　그는 옷도 벗지 않고 그냥 이불 위에 아무렇게나 누웠다.
　그러나 온갖 사념에 머리가 뜨거운 그는 졸음이 오지 않았다. 이리 궁글 저리 궁글하였다. 등에는 진땀이 뿌직뿌직 돋고 속에서는 번열이 난다.
　이때에 건넌방에 있는 H가 편지를 가져왔다.
　편지를 받은 유원이는 껐던 전등을 다시 켰다. 피봉을 뜯는 그의 가슴은 두근두근 울렁거렸다. 무슨 알지 못할 큰 걱정이 장차 앞에 닥쳐오려는 사람의 심리 같았다. 그리 짧지 않은 편지를 잠잠히 보던 그는 힘없이 편지를 자리 위에 던지고 왼팔을 구부려 손바닥으로 머리를 괴고 또 이불 위에 눕는다.

눈을 고요히 감은 유원이는 무엇을 생각한다. 그의 낯빛은 몹시 질린 사람같이 파랗다. 그리고 힘없이 감은 두 눈가에는 한없이 슬픈 빛이 흐른다.

그 편지는 그의 어머니에게서 온 것이다. 그 편지에는 이러한 구절이 있다.

—생애가 너무 곤란하여 무명을 짜려고 한다. 그러나 솜을 사야 할 터인데 돈이 한푼도 없구나! 넨들 객지에 무슨 돈이 있겠니마는 힘이 자라거든 십삼 원만 부쳐다오—

그런데 처음에는 십사 원이라고 썼다가 그 사 자를 뭉개고 옆에 다시 삼 자를 썼다. 그것이 더욱 유원의 가슴에 못이 되었다.

유원이는 금년 이십이의 청춘이다. 그는 어머니가 있다. 처도 있다. 두 살 나는 어린것도 있다. 그러나 곤궁한 그 생애는 그로 하여금 따뜻한 가정생활을 하지 못하게 하였다. 그는 늘 동표서랑東漂西浪으로 가족을 떠나 있지 않을 수 없는 운명에 지배되었다. 지금도 그 가족은 시방 유원이 있는 곳에서도 백여 리나 더가서 S라는 산골에 있다. 그리고 유원이는 이곳에서 노동을 하여 다달이 얼마씩 그 가족에게 보낸다.

사세가 이러하니 그의 객지 생활은 넉넉지 못하였다. 친구에게 부치는 서신도 마음대로 못 부친다. 그의 사정이 이런 줄을 그의 어머니는 잘 안다. 유원이가 어디 가서 넉넉히 지내더라도 그 어머니께서 돈 보내라는 편지는 못 받았다.

그 어머니는 항상 빈한에 몰려서 괴로운 생활을 하건만 유원에게는 괴롭다는 편지를 보내지 않았다. 그것은 사랑하는 자식인 유원의 마음을 상할까 염려함이다. 그렇던 어머니에게서 이제 돈 보내라는 편지가 왔다.

유원이는 벌떡 일어났다. 그는 다시 그 편지를 집어 들었다. 십삼 원이 쓰여진 구절을 또 읽었다.

'아! 어머니가 여북하시면 돈을 보내랄까? 십사 원을 쓰셨다가 다시 십삼 원으로 고치실 때 형언 못 할 감정이 넘쳤을 어머니의 가슴!'

머리를 번쩍 들어 벌건 전등을 바라보고 눈을 감으면서 이렇게 생각하는 유원의 머릿속에는 행여 돈이 올까 하여 기다리고 있을 그 어머니의 측은한 모양이 떠올랐다. 까맣게 때 묻고 다 떨어진 치마를 입고 힘없이 베틀에 앉은 처의 형용도 보였다. 젖을 먹으려고 어미의 무릎에 벌레벌레 기어오르는 어린것의 가긍한 꼴도 그의 눈앞에 환영으로 지나간다.

유원이는 조금만 설워도 잘 우는 성질이다. 그러나 지금은 어쩐지 눈물도 잘 나지 않았다. 모든 의식이 망연하고 가슴이 답답하여 무어라 해야 할지 몰랐다.

"에라, 어디 K하고나 말할밖에……."

하면서 그는 벌떡 일어섰다. K는 유원이 복역하는 노동조의 회계이다.

오십 가까운 중늙은이로 조원의 숭경崇敬을 받는 이다. 상당한 재산도 있는 사람이다.

유원이는 뒷마당에 나왔다. 문간에 달아놓은 전등 빛은 밝다. 가을밤에 스치는 바람은 쓸쓸하였다. 하늘은 흐려서 별 하나 보이지 않았다.

유원이는 문간에 잇대어 있는 K의 방으로 들어갔다. K는 있었다. 그 밖에 K의 부인과 같은 조원인 C가 놀러 왔다. 유원이는 K의 곁에 앉았다. 그는 공연히 가슴이 울렁울렁하여 어떻게 말을 끄집어내면 좋을지 몰랐다.

신문을 보던 K는,

"허허, 동경 근처는 말이 아닐세! 이거 참 세상이 다시 개벽할라나? 이렇게 큰 지진은 말도 못 들었지."

하면서 유원이를 쳐다본다. 풍부한 살결에 윤기가 도는— 주름이 약간 잡힌 이마 아래 두 눈에는 웃음을 띠었다. K는 언제든지 유원이를 대하면 웃는다.

"글쎄요."

유원이는 대답을 하기는 하였으나 무슨 말에 대답을 하였는지, 무슨 의미로 '글쎄요' 하였는지 그는 그 스스로도 몰랐다. 다만 십삼 원이란 돈 말을 어찌할까 함이 그의 온 감정을 지배하였다.

'이 말을 내었다가 거절을 당하면 어쩌나?'

그의 마음은 떨렸다.

'그러나 그 거절당하는 무참도 한순간이겠지. 내가 말 내기 어려운 말 내는 것도 한 찰나겠지. 영영 이 무참이나 그 괴롬이 있지는 않을 것이다. 이 순간을 어서 흘려야 하겠다.'

생각하니 그는 용기가 좀 났다. 그는 말하려고 입을 머뭇하였다. 그의 가슴은 찌릿하였다. 그의 마음에는 곁에 있는 사람이 거리끼었다. 그 사람들 앞에서 자기의 구구한 사정을 꺼내기는 참으로 괴로웠다. 자기는 세상에 아무 권리도 없는 약하고도 천한 무능력한 자라는 모욕적 감정이 그의 의식을 흔들었다. 그는 그만 "으흠" 하고 말을 내지 않았다.

'조용한 틈을 타서 말하리라.'

하였다. 설마 K가 거절이야 않겠지, 그는 추측하였으나 그것도 말해보아야 판단하리라 하였다.

K는 유원이를 사랑한다. 그의 정직하고 쾌활한 성격을 사랑하며 비상한 재주를 사랑한다. 또한 곤궁으로 헛되이 보내는 유원의 청춘도 아까워한다.

금년 여름이었다. 유원이가 XX강습소에 삼 주일 동안이나 매일 오전마다 다녔다. 그때에 K는 친히 유원의 대신 조에 가서 일한 적도 있었다.

"우리 조 회계가 좀해서는 누구 말을 잘 안 듣는데 유원의 말은 잘 들어!"

"흥, 그러지 않으면 그 사람(유원)이 또 그렇지, 회계의 일이라면 좀 잘 보아주나. 어찌했든 유원이 같은 사람은 쉽잖아."

"암, 그렇구말구. 우리게 비기면 그래도 지식도 있고 하지만 당초에 냄새가 없지."

그 조원 간에는 이러한 회화가 종종 있었다. 신문을 보던 K는 유리 미닫이를 드르륵 열고 가가방으로 나간다.

"아, 벌써 열한 점인가!"

시계를 쳐다보고 혼자 중얼거리면서 유원이는 K를 따라 가가방으로 나갔다. 그는 이제는 은근히 말하리라 하고 K의 옆에 다가섰다. 방의 모든 유리를 스쳐 자기의 행동을 유심히 보는 듯하여 또 기운이 줄었다. 그러나 그는 용기를 내어서,

"또 걱정이 생겼어요."

하는 그 말은 남의 말 하듯 좀 냉정하였다. 그의 가슴은 여전히 두근덕두근덕하였다. 그러나 영맹한 짐승이 들어찬 굴에 들어가는 사람이 굴 어구에 있을 때의 그러한 심리는 아니었다. 이미 굴에 들어서서 맹수에게 화살을 던진 때에, 그 생사여부를 기다리는 때의 심리였다.

"응, 무슨 일로?"

K가 묻는 때에 방에 있던 C가 유리창을 열고 나오면서,

"에— 가서 자야지."

한다. 유원이는 또 말문이 막혔다. K는 이편 유원이쪽으로 머리를 기웃하고 무슨 소리를 기다린다. C는 갔다. K는 도로 방으로 들어왔다.

'아, 내가 왜 말을 칵 하지 못하고 이리도 애를 쓰노.'
하고 유원이는 자기의 맘 약한 것을 뉘우쳤다. 이번은 꼭 말하리라 하고 주인을 따라 방으로 들어왔다.

"저…… 편지가 왔는데."
하고 그는 괴로운 웃음을 지었다.

"응, 어디서?"

K는 입에 문 궐련 연기가 눈에 들어갔는지 눈을 비비면서 유원을 본다.

"집에서요."

유원은 편지를 끄집어내려고 호주머니에 손을 넣었다.

"무에라고?"

"이것을 보십시오. 또 돈이올시다."

그는 한편으로는 K에게 편지를 주고 곁눈질하여 K의 부인을 보았다.

부인은 담배만 퍽퍽 피우고 이쪽에는 귀도 기울이지 않는다. 그의 맘은 좀 편하였다.

"내일 부치오, 아마 집에서 퍽 곤란한 게요. 그러면 벌써 말하지."

K는 태연히 말하였다.

유원이는 무엇이라 해야 할지 너무도 감격하여 말이 나오지 않았다.

동시에 그는 어머니의 십삼 원 받고 기뻐할 것을 상상하였다. 감격에 끓던 그의 가슴은 다시 쓰린 감정이 넘치었다.

"아! 이 십삼 원, 이것으로 무명 원료를 사면 쌀은 어찌할까? 나무는 무엇으로?"

그는 그만 소리 없는 눈물을 떨어뜨렸다.

유원이가 우체국에 가서 어머니에게 십삼 원 부치던 날 밤이었다. S 촌에 있는 유원의 어머니는 이상한 꿈을 꾸었다. 무명을 짜느라고 외상으로 산 솜값 받으려고 솜 장사가 왔다. 그런데 유원에게서는 돈을 못 부친다는 편지가 왔다.

솜 장사는 값을 내지 않는다고 베틀에 불을 질렀다. 유원의 어머니는 불붙는 무명틀을 붙잡고 울다가 꿈에서 깨어나니 꿈이었다.

7.

금붕어

 오늘 아침에는 여느 때보다 한 시간쯤이나 늦게 붕어 물을 갈았다. 오늘은 일요일이라 여느 때보다 늦게 일어나 세수한 까닭이었다.
 "아따, 그놈 잘은 뛴다."
 서방님은 책상 앞에 앉으면서 수건으로 손을 닦았다.
 "호호, 참 잘 노요!"
 서방님 곁에 앉은 아씨도 서방님과 같이 어항 속 금붕어를 들여다보았다.
 "저놈은 물만 갈아주면 저 모양이지?"
 서방님은 아씨를 은근히 돌아다보았다.
 "흥, 히."

아씨도 마주 보고 싱글 웃었다. 잠깐 침묵, 붕어는 굼실굼실 어항 속에서 놀았다.

그 붕어는 서방님과 아씨가 결혼하기 바로 이틀 앞서, 즉 지금부터 한 달 전에 어떤 실없는 친구가 서방님께 사 보낸 것이었다.

'여보게! 붕어 세 마리 사 보내네. 맏놈, 가운뎃놈, 작은 놈, 이렇게 세 마릴세. 맏놈은 누른 바탕에 검은 점 박힌 놈이고 그다음 두 놈은 새빨간 금붕어일세.'

'여보게! 자네 자식은 셋을 낳되 맏이로는 아들—맏붕어같이 억세인(검붉은) 놈을 낳고 그다음에는 딸들을 낳되 이쁜 년을 낳게 응…… 이게 자네 혼인을 축복하는 표일세.'

이런 글과 같이 붕어 받은 서방님은 결혼 후 그 말을 아씨에게 하고 둘이 웃었다.

처음에는 붕어 물을 서방님이 갈았다. 서방님은 이틀에 한 번 사흘에 한 번 생각나면 물을 갈아주었다. 열흘이 못 되어서 검붉은 맏붕어가 죽었다.

금붕어

"아이고! 어쩔 거냐? 큰 붕어 죽었시야!"

물 위에 둥둥 힘없이 떠 늘어진 붕어를 본 아씨는 눈이 둥그레서 전라도 사투리로 외쳤다.

"응, 어느 놈이 죽었소?"

마루에서 세수하던 서방님은 양치질 물을 쭈르륵 뱉고 머리를 돌렸다. 그때는 벌써 아씨의 옴팍한 작은 손에 죽은 붕어가 놓여져 서방님 눈앞에 나타났다.

"응, 큰일 났구료 응? 우리 맏아들 죽었구료? 허허."

"이잉 또 구성없네! 누가 아들이 호호."

아씨는 낯이 발개서 마루 안에서 숯불 피우는 할멈을 보고 다시 서방님을 힐끗 보더니 그만 상글상글 웃었다. 할멈도 웃었다.

그 뒤부터는 아씨가 붕어에게 물을 갈아주었다. 서방님이 게을리 갈아주어서 붕어가 죽었다고 아씨는 매일 갈아주었다. 오늘도 아씨가 물을 갈았다.

"여보! 저놈은 뭣을 먹고 사는고 잉?"

팔락팔락하는 붕어 입을 보던 아씨는 상글 웃고 서방

님 어깨에 손을 얹었다.

"글쎄 뭘 먹는고?"

빙그레 웃는 서방님은 도리어 아씨에게 묻는 어조였다.

"우리 밥을 줘볼까? 잉…… 여보…… 잉."

아씨는 어서 대답하라는 듯이 서방님 어깨를 흔들면서 어리광 비슷하게 말했다.

"밥!"

"잉 밥!"

"당신이 밥 먹으니 그놈도 밥 먹는 줄 아우? 붕어는 양반이 돼서 밥 안 먹는다오!"

서방님은 시치미를 뚝 떼고 천연덕스럽게 말했다.

"이잉 구성없네! 잉……. 어디 어디 당신은 밥 안 잡수? 히힝 잉."

아씨는 웃음 절반 트집 절반으로 서방님 넓적다리를 꼬집었다.

"아야! 익 이크 하하."

"호호호……."

서방님은 아씨 손을 쥐면서 꽁무니를 뺐다. 아씨는 더 다가앉았다.

"여보 여보 여보 여보! 저것 보! 저것 봐요!"

서방님은 갑자기 눈을 크게 떴다. 아씨는 꼬집던 손을 멈췄다. 그러나 놀라는 빛은 없었다. 그런 소리에는 속지 않는다는 수작이었다.

"이잉, 무엇을 보라고 또 구성없네."

"응, 저것 봐, 저거저거 저것 봐요!"

서방님은 책상 위 어항을 입으로 가리키면서 아씨 허리를 안았다.

"그게 뭣이라요?"

아씨도 머리를 돌렸다.

"참 잘 논다. 무어 기뻐서 저렇게 잘 노누?"

큰일이나 난 듯이 바쁜 소리를 치던 서방님은 신기한 것—붕어 놀이—에 정신을 뽑힌 듯이 감탄하는 소리였다. 두 손으로 서방님의 무릎을 짚고 서방님께 소곳이 안겨서 붕어를 보는 아씨의 눈에서는 소리 없는 웃음이 솔솔 흘렸다. 반 남아 열어놓은 창으로 아침볕이 흘러들었다. 봄 아침 좀 서늘한 바람과 같이 흘러드는 맑은 볕은 다정스럽고 따분스럽게 어항을 비추고 두 남녀의 몸을 비추었다. 만개된 장미 같은 붉은 선에 주름잡은 아가리 아래 둥그스름한 어항에는 맑은 물이 느긋이 찼다. 하나는 치 남짓하고 하나는 그만 못한 금붕어 두 마리가 그 속에 잠겼다. 큰놈은 연한 꼬리를 휘저었고 흰 배를 희뜩희뜩 보이면서 빙빙 돈다. 급히 돈다. 작은놈은 가운데서 아주 태연하게 지느러미를 너불너불하면서 오르락내리락한다. 두 놈이 몸을 번지고 흔들 때마다 물속에 스며 흐르는 볕에 금빛이 유난스럽게 번득거렸다. 두 놈이 셋 넷도 돼 보이고 큰 잉어같이 뵈는 때도 있다. 밑에 가라앉았다가 위에 스스로 솟아올라 구슬 같은 물방울을 꼬록꼬록 토하면서 물과 공기를 아울러 마시는 소리는 시계가 치는 듯도 하고 고요한 밤 고요히 떨어지는 낙숫물 소리도 같다. 안고 안긴 두 부부는 고요히 그것을 보고 들었다. 두 부부의 낯에는 같이 소리없는 웃음이 흘렀다. 이 찰나 그네는 지난 엿새 동안 모든 괴로움을 다 잊었다. 앞으로 헤저어 나갈 길도 생각지 못하였다. 두 몸이라는 것까지 잊었다. 주위에 흐르는 햇빛까지 기쁨의 찬미를 드리는 듯하였다.